災厄の宿

山本巧次

集英社文庫

目次

主な登場人物

上坂徹郎……弁護士事務所の嘱託調査員

◉かずら館

田島……中年の中居
新木壮太郎……主人
富永……番頭
山西……板長

多田修一郎……立てこもり犯

河野依志輔……地元の名士
河野依志延……依志輔の次男
河野依幸……依志輔の三男
河野依志武……依志輔の弟

中谷夫婦……大阪からきた客
長田恭一……大阪からきた客
西浦晴美……大阪からきた客

◎徳島県警
藤本剛和……警視
沢登……警部補
中川……警部

◎その他
島倉……阿波池田署長
坂東敏則……不動産業者

旅館かずら館 平面図

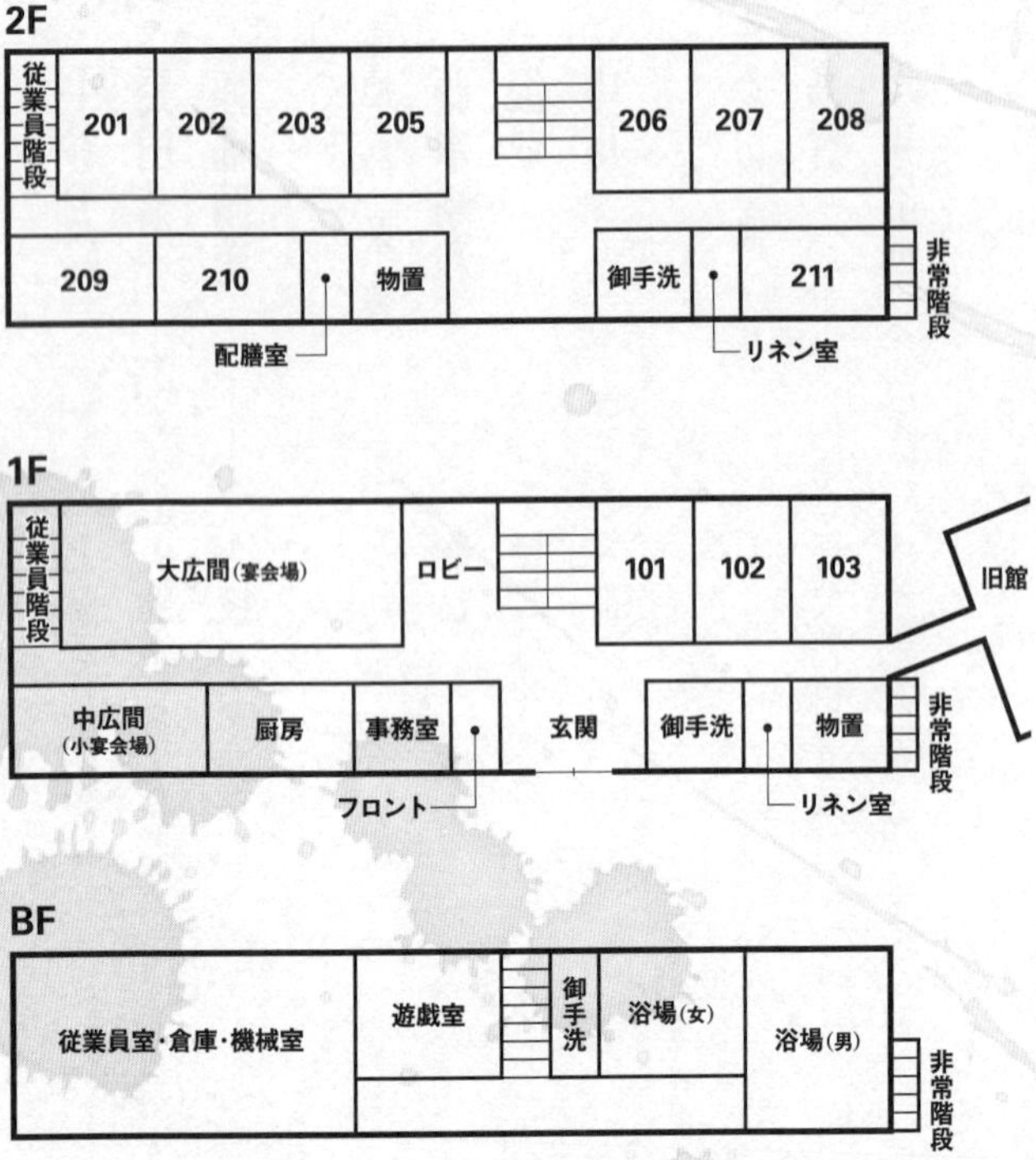
2F
従業員階段
201
202
203
205
206
207
208
209
210
物置
御手洗
211
非常階段
配膳室
リネン室
1F
従業員階段
大広間(宴会場)
ロビー
101
102
103
旧館
中広間
(小宴会場)
厨房
事務室
玄関
御手洗
物置
非常階段
フロント
リネン室
BF
従業員室・倉庫・機械室
遊戯室
御手洗
浴場(女)
浴場(男)
非常階段

災厄の宿

序章　かずら橋

　徳島県祖谷渓《いやだに》にあるかずら橋は、日本三大奇橋の一つとして知られる。シラクチカズラ（サルナシ）という植物の蔓《つる》を使って作られており、三年ごとに架け替えが行われる。料金を払えば、歩いて渡ることもできる。

　すぐ近くに並ぶ祖谷渓大橋から見下ろすと、両岸を鬱蒼《うっそう》たる緑に覆われた渓谷に架かるかずら橋は、南方のジャングルにあってもおかしくないような景観を呈していた。何人かの観光客が、恐る恐るといった足取りで渡って行くのが見える。橋は結構揺れるようで、若い女性の嬌声《きょうせい》が時折り響いた。

「やっぱり、渡るのはやめておかれますか」

　一緒についてきて、かずら橋の解説をしていたタクシーの運転手が、念を押すように聞いた。せっかくここまで来て、もったいない、と言いたそうだ。

「ちょっと見てたんだが、やっぱり足に自信がないからねえ」

　苦笑を返すと、そりゃあ残念ですなと運転手は頷《うなず》いた。八十歳を越えてから、足腰にすっかりガタが来てしまっている。角材が梯子《はしご》状に組まれた橋の上を、無事歩き通すのは相当難しく思えた。料金を払って捻挫でもする羽目になったら、馬鹿馬鹿しいことこの上ない。

鉄とコンクリートでできた祖谷渓大橋を渡り、かずら橋へ下りる入口をゆっくり歩いて過ぎた。ぱらぱらと見える観光客は全員がかずら橋の方へ下り、自分の周りには誰もいなくなる。

「そっちは、何もありませんよ」

道路の先を見上げていると、運転手が背後から声をかけた。

「いや、実は見たいところがあって」

上坂《かみさか》はずっと上に並ぶ集落の家々を指して言った。

「悪いけど、ちょっと上の方まで行ってもらえるかな」

振り返って告げると、運転手は怪訝《けげん》な顔をしたが、それじゃあと言って駆け戻り、タクシーを上坂の立っているところまで持ってきた。上坂は、礼を言って後部座席に乗り込んだ。

急カーブを回って崖上の道路に出た。そこから土産物店と小さな宿の前を通って何百メートルか進むと、集落が終わった先の右手の崖側に、少し平らになった部分があった。そこだけ、道も広がっている。ここだな、と見当をつけて車を止めてもらい、降り立った。頭をぐるりと回して、左右を見渡す。深い緑の他、何もなかった。木々の間から、祖谷川の流れが僅かに見える。

水の音、微《かす》かな車の音、それ以外は何も聞こえない。穏やかな静けさの中に、しばし佇《たたず》む。観光客のさざめきも、ここまでは届かない。

「ああ、ここは旅館があったところですなぁ」

運転手が呟《つぶや》くように言った。

「以前に来られたことがあるんですか」

「うん。だいぶ前に一度」

それだけ答えた。確かにだいぶ前だ。その日付は、今も正確に覚えている。

「その時は、かずら橋も渡られたんですか」

「うん……いや、その時も渡らなかった」

運転手は、また残念な顔をした。根性なしで以前に渡れなかった橋を改めて渡りに来たのに、やはり果たせなかった客。そう思われたのだろう。

「いや、前回はゆっくり見ることもできなかった。今回、よく見られたからそれで充分ですよ」

実際、あの時は橋を見物するどころではなかった。

「はあ。なら、まあ、良かったです」

運転手は曖昧に応じた。

「さて、戻りますか」

踵《きびす》を返すと、ああ、もういいですかと運転手は先に立ち、車へと案内した。

「こういう緑の景色もええんですが、もう少ししたら紅葉になります。それがまた、なかなかのもんでして」

歩きながら運転手は、手で周りの森を示しながら言った。

「また是非、そういう景色も見に来て下さい」

社交辞令だろうが、それも見たいね、と微笑《ほほえ》む。だが、次に来る機会はもうないだろう。

タクシーが走り出すと、運転手は「次は平家《へいけ》屋敷に寄ります」と告げた。この辺の観光スポットの一つらしい。正直、寄りたいとも思わなかったが、メーター制でなく時間貸切の観光タクシーだ。時間が余るし、断るのも悪い気がして、「お願いします」と言った。ここからすぐですから、と運転手は応じ、機嫌良く車を走らせている。

前方から、バスがやって来た。大型貸切バスではない。小型の、実に懐かしい形をしたボンネットバスだ。

「ああ、定期観光のボンネットバスが来ますよ」

運転手が声に出して、前を指差した。これも案内すべき観光名物、と言わんばかりだ。

「しばらく故障したか何かで車庫で寝てたんですがね、最近復活しました」

ああ、と頷いて、すれ違いざまによく見てみた。あの時乗ったバスなんだろうか。明日は、あれに乗るつもりだった。が、運転手には言わない。観光バスのルートはタクシーとほぼ同じなので、明日バスで来るならなぜわざわざタクシーで、と疑問に思われるからだ。

今日、敢《あ》えてタクシーで来たのは、明日に先んじて一人であの場所に立って、記憶を確認しておきたいと思ったからだった。どのみち、バスはあの場所までは行かない。

いざそこに立ってみると、確認するまでもなく記憶は鮮明だった。それで安堵《あんど》した。運転手にはわからないだろうが、かずら橋を渡ろうと渡るまいと、あそこに行った意味は充分にあったのだ。これで明日への心構えは、整った。

「もしかして、思い出の地巡りをされてるとかですか」

ふいに運転手が聞いたので、一瞬たじろぐ。

「まあ、ある意味そうなんだが……どうしてそう思いました?」

「ああ、いえ、近頃時々おられましてね。お客さんぐらいの年配の方で」

なるほどな、と心で頷く。人生の黄昏《たそがれ》を迎えると、故郷やかつて住んだ土地、夫婦で旅した地などを再訪したくなる人は多いだろう。自分の場合、似ているが少し違う。思い出、と言うより、心残りを片付けに来たのだ。

おかしなものだ、と思う。現役で働いているときは気にしなかったのに、終わりが近付くと妙にやり残したままで放っておいたことが気になってしまう。それを全部、納得いくまでやり通す。厄介なこだわりだ、と自分でも苦笑せざるを得ない。だがこれが、自分の望む「終活」なのだ。

「私も六十を越えてから、だんだんそういう気分がわかるようになりましたわ」

引退したら、嫁さん連れて新婚旅行で行った沖縄へもう一ぺん行こか、なんて考えてます、と運転手は少し照れたように言った。そりゃあいいですね、と返しながら、自分がもし同じことを言ったら、女房はどんな顔をしたろうかと考えて、可笑《おか》しくなった。何でまた今さら、と鼻で嗤《わら》われただろう。その女房も、ちょっと前、先に彼岸に行ってしまっている。

「あれが平家屋敷です」

運転手が前方を指し、駐車場へ入った。どうやら坂を歩いて上らねばならないようだ。断らなかったのを後悔したが、まあいい。明日に疲れが残らないよう、今日は早めに寝るとしよう。

車を降りて、空を見上げた。ほとんど雲のない、青空だ。明日もこの天気は続くらしい。本当に、空模様だけはあの時と全く違っている……。

第一章　雨の日の客

一日目　一六：〇〇

その道は渓谷に沿い、斜面にへばりつくようにしてうねうねと続いていた。古めかしいスタイルのボンネットバスは、右に左にハンドルを切りながら険しい山里の奥へと分け入って行く。

外は雨。時折り叩《たた》きつけるように強く降る。雲は厚く、まだ午後四時前というのに、辺りは薄暗くなっていた。フロントガラスのワイパーは、休む間なしに雨滴を拭っているが、動きは変にゆっくりで、雨がもっと強くなると役に立たなくなるのでは、と思えた。

まったくえらい天気のときに来てしまった。中ほどの座席に座った上坂徹郎《てつお》は、窓から空を見上げて溜息《ためいき》をついた。道の右側は深い谷で、土砂崩れでもあったら助かりそうもない。八年ほど前に岐阜県の飛騨川《ひだがわ》で、観光バス二台が土砂崩れに巻き込まれて濁流に落ち、百名以上の死者を出した大惨事があったのを思い出し、上坂は身震いした。どう考えても、こんな山深いところを訪れるのに向いた天候ではない。

上坂は改めて車内の様子を見た。乗客は自分を含めて八人。三人は地元の人らしいが、それ以外は大きめのバッグを持っているから、観光客のようだ。四十代と思《おぼ》しき夫婦連れと、三十くらいの会社員風の男と、やはり三十くらいか二十代後半と見える女性。会社員風の男はご丁寧にも背広にネクタイなので、出張帰りに静かな宿で寛《くつろ》ごうという考えだろうか。

夫婦連れは額を寄せ合い、何事か小声で会話している。おおかた、こんな天気の中旅行する羽目になった不運を嘆いているのだろう。上坂の前に座る一人旅の女性は、じっと窓の外に顔を向けている。ガラスに映った表情が妙に硬く思えたが、やはりこの天候が不安なのかもしれない。

「次はかずら橋、かずら橋です」

扉の脇に立っている車掌が告げた。阿波池田《あわいけだ》駅でこのバスに乗るとき、車掌がいるのを見て上坂は驚いた。東京から来た上坂にとっては、しばらく前からバスというバスは全てワンマン運行というのが常識になっていたからだ。このボンネットバスにしても、東京近辺ではもう何年も見た覚えがない。ここで使われているのは、たぶん道路状況が良くないせいだろう。山間の狭い道ではこういうバスの方が小回りが利いて使いやすい、と誰かに聞いた覚えがある。

ほどなくバスは、かずら橋の停留所に停《と》まった。観光パンフレットによれば、ここから少し下に歩いたところに「かずら橋」というのがあるそうだ。珍しい造りで有名な橋らしいが、上坂はよく知らなかった。雨が止《や》んだら見に行ってもいいが、今日はそんな気になれない。

かずら橋で降りた客は、一人もいなかった。上坂同様、この雨の中を橋見物に行きたいとは誰も考えなかったのだろう。

「次は、かずら館前です」

バスが動き出すとすぐ、車掌が知らせた。上坂の降りる停留所だ。すると、観光客らしき他の四人も、降りる支度を始めた。もっと奥の集落まで行くらしい地元の客以外は、みんな上坂と同じ宿に入るようだ。

バスを降りると、停留所名が示す通り、目の前が旅館「かずら館」だった。上坂たち五人が降り立つと、すぐに番頭らしい初老の男が迎えに出てきた。自分がさしているもの以外に傘を何本か携えているのは、傘を持たない客が濡《ぬ》れないようにという気遣いだろうが、この二、三日はずっと雨なので、誰もが傘を持っていた。

「いらっしゃいませ。お足元が悪い中、よくおいで下さいました」

番頭は傘を抱えたまま、丁重に挨拶して、どうぞどうぞと一同を玄関に案内した。ガラスの玄関扉を押し開け、脇に寄って客を通す。玄関ロビーでは、法被を羽織った主人らしい人物と、仲居が三人、勢ぞろいして出迎えた。

玄関に入る前、上坂はさっと建物を一瞥《いちべつ》した。表から見ると、横に長い鉄筋の二階建てだ。そう古くはなく、築十年といったところか。右の奥に、木造の二階建ても見える。昔の本館だろう。玄関の横には送迎用のマイクロバスが停まっていた。駅に迎えには出ていかないのだろうか。

中に入ると、左手がフロントになっている。正面はロビーと階段だ。階段は鉄枠に踏み板を並べ、蹴込み板がなく向こう側が見えるモダンな構造だった。踊り場で折り返して二階に繋《つな》がっている。奥側には下に降りる階段があるようだ。

玄関と向き合うロビーの壁面はガラス張りで、祖谷渓谷の眺めを楽しめるように作られている。もっとも今は、濁流になっているだろうが。案内板によると左奥は大広間で、何やら賑《にぎ》やかな話し声がしているところをみると、昼間から宴会が行われているようだ。泊り客ではなく、昼だけの会合らしい。

そこで、ああそうかと思い当たった。送迎用バスはこの宴会の客を運ぶために待機しているのだろう。地元の会社か、消防団などの団体なのかもしれない。

フロントで予約名を確認した後、番頭と仲居が四組の客をそれぞれ部屋に案内した。

上坂の案内をしてくれたのは、田島《たじま》という名札を付けた中年の仲居だった。

「ほんとに、せっかく来てもろうたのに、こんなえらい天気で」

田島は、大雨が自分の責任でもあるかのように済まなそうに言った。

「いや、これぱっかりは運が悪いとしか。この雨、台風のせいらしいですね」

ガラス越しに濁流に目をやって、上坂は言った。今朝ラジオで聞いたところによると、折悪《あ》しく九州の近くに台風十七号が停滞して前線を刺激し、各地で大雨になっているという。台風が通過してくれない限り、この鬱陶しい天気は去らないようだ。

「台風が直撃するのもかないませんけど、雨が続くのも嫌ですねえ」

田島は困ったもんだと眉尻を下げ、こちらですと部屋に通してくれた。

部屋は渓谷に面した側で、トイレ付きの八畳間だった。一人で泊るには大きい。だが眺めは大変良かった。それを言ってやると、田島が顔を綻ばせる。

「晴れてたら、川の流れも木の葉の緑も、ほんまに綺麗《きれい》なんですけどねえ」

田島はまた天候を残念がった。

「かずら橋の観光で来られましたか」

おそらく決まり文句なのだろう。それには曖昧に頷いておく。

「高知で仕事があって、それが片付いたんで、東京へ帰る前に静かなところで一泊しようと思って」

そうですか、それやったらここはほんまに静かです、と田島は請け合った。

「今日はちょっと、雨の音と川の音が響きますけど」

田島はそう付け加えて、また済まなそうに笑った。

「どんなお仕事でいらっしゃいますか」

「うん、弁護士さんの下で、まあいろいろとね」

それは大変ご立派なお仕事で、などと田島が言うのに、そんないいもんじゃないですよ、とかぶりを振った。上坂の仕事は弁護士事務所の嘱託調査員で、やっているのは下請けのようなことだ。実入りの半分ほどは出来高払いで、女房のパート収入を合わせて何とかやっていける程度である。

静かなところで一泊、というのは、稼ぎから言うと贅沢《ぜいたく》で、女房にこっぴどく叱られるのは覚悟の上だ。それでもここに来たのは、高知での仕事が結構きつくて、何とか気疲れを癒したいと思ったからだ。できるだけ人里離れていそうなところを探してみると、祖谷渓が思い描いた条件にぴったりだったので、すぐ電話で予約した。だが天候のことは、あいにく考えていなかった。女房の怒りに天が反応したのかもしれない。

宿帳を記入し、田島が出て行ってから館内図を確かめると、二階には十部屋があるらしい。階段を上がって右、つまり東側に四室、左の西側に三室が南側の渓谷に面して並び、北にあたる山側には三室の他、トイレや配膳室がある。上坂の部屋は東側の奥から二番目の、二〇二号室だった。和風旅館なので各室には「百合《ゆり》の間」とか「鶯《うぐいす》の間」とかいった風雅な名前が付けてあるかと思ったが、全て番号表示なのはちょっと味気ない。

図で見る限り、渓谷側の部屋は全部同じ大きさで、山側の部屋は少し小さくてトイレ無しだ。そちら側は、宿泊料も一段安いに違いない。調べてそっち側にするんだった、と上坂はつまらないことを思った。

大浴場はフロントの下の階になっていた。表示では地階となっているが、この建物は斜面に立っているので、実質はこれが一階、フロント階が二階だろう。非常口を確認すると、西側の壁面に外付けされているのがわかった。その向こうは旧館で、一階が渡り廊下で繋がっている。そちらには六室があった。本館一階の渓谷側に三室があるので、全体で十九室となる。今日の様子では、満室ということはまずあるまい。

夕食の時間にはまだ早いので、風呂へ行く前に缶ビールでもと思い、ロビーに降りた。階段で、年配の夫婦客が部屋に案内されるのとすれ違った。時計を見ると、午後四時になるところだ。自分が乗って来たバスの次の便は一時間ほど後なので、自家用車で来た客だろう。

ロビーにある自動販売機で缶ビールを買うと、大広間からマイクを通した声が聞こえて来た。どうやら、お開きの挨拶のようだ。廊下を覗《のぞ》くと、大広間の手前に「河野《こうの》様御席」と看板が出ていた。会社でも団体でもなく個人名か、と上坂は少し意外に思う。この辺りの名家が、法事か何かの集まりを催したのだろうか。

まあ、こっちには関係ない。上坂は背を向け、ロビーの大窓に近付いた。雨は小康状態になっている。だが、台風が居座っている間は、回復することはあるまい。下の方に目をやると、川の水嵩《みずかさ》が先刻より増しているような気がした。このままあと何日か降り続くことになれば、洪水の危険を考えなくてはならないだろう。土讃《どさん》本線と徳島本線が不通になったりしなければいいが。

缶ビールを部屋で飲もうかここで飲もうか、と考え、ソファに腰を下ろしかけたときである。表で車がブレーキを軋《きし》ませる音がした。振り向くと、玄関扉の真ん前に、白い乗用車が急停止したところだった。車で来た客だろうか。だが、ずいぶんと乱暴な来訪だ。ブレーキが一瞬遅れたら、ガラス扉を突き破って玄関に突っ込みかねない勢いだった。

音を聞きつけた番頭が、フロントの後ろから出てきた。車が扉すれすれに止まっているのを見てちょっと顔を顰《しか》めたが、すぐ笑顔に切り替え、出迎えのため玄関の中央に立った。

同時に、運転席から男が降りてきた。エンジンは切られたようだが、ワイパーのスイッチを切らなかったのか、中途半端な位置で止まっている。やけに慌てた奴《やつ》だな、と思って上坂は肩で玄関の扉を押し開けて入ってくるその男を見つめた。

そこで、呆然《ぼうぜん》として固まった。男は三十代くらい、ポロシャツとスラックスという旅行者風の軽装だが、手に持っているのはボストンバッグではなかった。それは紛れもなく、銃身を黒光りさせた散弾銃だった。

男はさっとロビーを一瞥すると、上坂には構わず、棒立ちになっている番頭に銃を突きつけた。

「河野はどこだ！」

男が叫んだ。番頭は言葉が出てこないようだったが、つい宴会場の大広間の方を見てしまった。男は番頭の視線を追い、「河野様御席」という看板をすぐに見つけた。男は土足のまま上框《あがりがまち》を越えてカーペットに踏み入ると、番頭を押しのけるようにして大股で宴会場の方へ向かった。

男は右手の銃の他に、左手に縄で縛った一斗缶を提げていた。気付いた上坂は、あれは何だとさらに目を剝《む》いた。見たところ、油か何かの缶のようだが。首を捻《ひね》りかけたところで、ぞくりとした。油？　まさか……。

ちょうど締めの挨拶が終わったのだろう。襖《ふすま》が開き、何人かが廊下に出ようとした。

が、最初に出た中年の背広姿の男が妙な気配に気付き、こちらを向いた。それで押し入って来た男と、目が合った。

「いったい……」

背広姿が、何か言いかけた。が、暴漢は一斗缶を床に置くと、いきなり銃を天井に向け、発砲した。壁の陰に身を引いて後ろから見ていた上坂は、思わず身を竦《すく》めた。凄《すさ》まじい破裂音が響き渡り、硝煙が上がった。全員が、動きを止めた。何事が起きたのか、頭がまだ理解できていないかのようだ。

暴漢が、もう一発撃った。再びの轟音《ごうおん》に続いて、粉砕された天井の蛍光灯の破片がカーペットに降り注いだ。続けて暴漢が叫ぶ。

「みんな広間に入れ！」

ようやく状況を理解した人々が、悲鳴を上げた。廊下に出ようとしかけた数人が、転がるように大広間に戻った。

同時に事務室の扉が開き、驚愕《きょうがく》の表情を浮かべた主人が顔を覗かせた。だがちょうど、銃身のすぐ前に姿を曝《さら》すことになった。暴漢は主人に怒鳴った。

「お前もや。一緒に広間に入れ！」

主人は一瞬躊躇《ちゅうちょ》したが、銃には逆らえないと悟ってか、言われた通り大広間に向かった。暴漢はそれを確かめてから、くるりと向きを変え、再び番頭に銃を向けた。

「泊り客も従業員も全員、こっちに連れて来い。逃げたら、河野の連中を殺す」

番頭は震えたまま、動けずにいる。だが、暴漢が銃身を一振りすると、慌てて走り出した。階段を駆け上がった。それを目で追っていると、「おい、そこの奴」と暴漢の声がした。ゆっくり振り返ると、やはり銃身は上坂に向けられていた。見つかったか、と思ったが、こいつが入ってきたとき、上坂は真正面にいたのだ。それを忘れてはいなかったらしい。

上坂は、おとなしく両手を上げた。缶ビールを右手に持ったままなのでちょっと間が抜けているが、仕方ない。暴漢は値踏みするように上坂を上から下まで見て、言った。

「お前、客か」

それ以外の何だと言うんだ。

「そうだが」

「お前も広間に入れ。さっさとせえ。手は下ろしてもええ」

やれやれ。上坂は嘆息し、缶ビールを手にぶら下げて大広間に向かった。まったく、何てことだ。静けさを求めてやって来たつもりが、大雨とは全然別種の災難が降ってくるとは。

大広間は四十畳ほどの広さだった。一番奥に舞台があり、両袖に緞帳《どんちょう》がまとめられ、中央にマイクが立てられている。さっきの締めの挨拶は、ここで行ったのだろう。並んだ膳はそのままで、舞台側に十五人ほどが固まっていた。「河野様御席」の客はこれで全部らしい。上坂が入って行くと、全員の目が注がれた。が、人質になった客だとわかると、すぐに目を伏せた。

上坂は入ってすぐの辺りに腰を下ろすと、河野家の関係者の方を観察してみた。中年から壮年の男女。一番若くても三十過ぎのようで、幸いなことに子供は見えない。親戚が揃《そろ》う会とかではなく、何かの行事の大人だけの宴会、だったのだろう。

男の服装は、皆背広姿だ。帰り支度の最中だったせいか、男女とも上着を着ていた。そこそこ形式ばった会合らしい。その中で、真ん中にいる老人一人が、異彩を放っていた。昭和五十一年の今では見る機会の少ない、黒紋付の羽織に袴《はかま》という大時代がかった格好だ。年は七十くらいだろうか。短く刈った白髪はだいぶ薄くなっており、顔には老人性のシミが幾つか。体軀《たいく》は年の割には大柄であるものの、頑強という感じではない。だがその眼光は鋭く、ちょっとした威圧感があった。この人物が今日の会合の主役と見て、間違いなさそうだ。暴漢が「どこだ」と言った河野とは、この老人を指すのだろうか。

暴漢は一斗缶を大広間に持ち込むと、廊下側の柱の脇に置いた。一斗缶にはガムテープがくっついている。暴漢はガムテープを取り、一斗缶を柱に縛りつけた。何をするのかと不安げに見守る人々にニヤリと凄味《すごみ》のある笑みを向けると、暴漢は缶を叩いた。

「こいつはガソリンや。手ぇ出したら、どうなるかわかるな」

よく見ると、缶の上には黒いビニールテープで十五センチくらいの四角い塊が固定されていた。アンテナのようなものが突き出し、小さい赤ランプが点滅している。説明はなかったが、上坂は背筋に寒気が走るのを感じた。

暴漢は、「動くなよ」と皆に告げてから廊下の向かいにある厨房《ちゅうぼう》に入った。厨房の従業員を連れてくるつもりだ。誰もが厨房に目を注いだが、動こうとする者はいない。

間もなく調理用白衣を着た男が二人、銃に促されて出てくると、大広間に入ってきた。一人は四十くらい、もう一人は二十くらいの若い男。板長と調理助手に違いない。板長は不快そうな顔だが、助手の方は蒼白になっていた。二人は銃身で肩を小突かれ、主人の隣に座った。

続いて数人の足音が近付き、番頭に案内されて客たちが入ってきた。仲居二人も一緒だ。客は四人。二人はさっき階段ですれ違った年配の夫婦。あと二人は、上坂がバスで一緒だった会社員風の男と若い女性だった。

「なんや四人だけか。これで全部か」

暴漢が口調を強めて質《ただ》すと、番頭が必死の顔つきで何度も頷いた。

「あとお二人、この後のバスで着かれる予定だったんですが」

主人が補足した。その二人は、幸運だったと言うしかない。暴漢は舌打ちし、大広間の真ん中に真っ直《ま》ぐ立《す》つと、全員を見下ろし、右手で構えた銃で缶を差した。

「こいつがどうなるんか、教えたる」

暴漢は左手をスラックスの尻ポケットに回して何かを取り出した。ガソリン缶の上に付けられた塊に似ていて、やはりアンテナと赤ランプがあり、紐《ひも》が付いていた。暴漢は紐を首に掛けてその黒い物体を胸元に提げると、左手で持って皆に見えるように掲げた。

「起爆スイッチや。そのガソリン缶の上に付いてる黒いもんは、雷管と火薬や。このスイッチを押したら、爆発する。よう覚えとけよ」

上坂は唇を噛《か》んだ。やはり発火装置だったか。銃以外にも武器を用意して来たとは、かなり周到だ。こいつは侮れない。

今の言葉が浸透して全員が固まったのに満足したらしい暴漢は、番頭と仲居に指図した。

「玄関のシャッターを閉めろ。非常口も通用口も、全部施錠しろ。誰も入って来れんようにするんや。言うまでもないが、逃げたら他の人質の誰かが死ぬぞ」

番頭と仲居は、急いで飛び出した。間もなく、シャッターが閉まる音が聞こえた。少なくともこれで、新たな人質が増えることはあるまい。

上坂は、ちらりと主人の顔を見た。会社員と女性も、やはり主人を見ている。主人はそれに気付き、暴漢に見えない程度に小さく頷いてみせた。上坂たちは、了解して目を逸《そ》らせた。

　主人の伝えたかったことは、はっきりわかった。上坂と同じバスで着いたもう一組の客、四十代くらいの夫婦が見えない。確か、二階西側の端の二〇八号室にいたはずだ。あの部屋のすぐ横には非常口があり、外付け階段で地上に下りられる。あの夫婦は散弾銃の発砲音を聞いてすぐ、非常階段から外に逃げたのだ。誠に適切な判断と言うしかない。主人と番頭はそれを知っているが、暴漢に知らせる気は無論、ないのだ。

　上坂は安堵した。これで警察への通報は為《な》されるはずだ。だが、懸念材料も多い。暴漢はポロシャツの下の腰に弾帯を巻いていた。さっき二発撃ったが、もう次弾の装填は終えているだろう。何発所持しているかはわからないが、その気になれば警察と銃撃戦を行うこともできるわけだ。強行突入の可能性は低いとはいえ、そんな事態になれば人質も無事では済まない。四年前のあさま山荘事件の教訓を、徳島県警がどれだけものにしているかは、測りようがなかった。

　番頭と仲居が戻ってきた。言われた通り、施錠は済んだと言う。暴漢はそれを聞くと、すっかり怯《おび》えている様子の調理助手に向かって言った。

「おいお前、施錠を確認して来い。誤魔化したら、どうなるかわかってるな」

　調理助手は飛び上がり、つっかえながら「は、は、はい」と返事して駆けて行った。うまい人選だ、と上坂は思った。あれだけ怯えている奴なら、嘘《うそ》の報告はできないだろう。逃げる度胸もないはずだ。だが番頭と仲居の表情を見る限り、施錠はきちんと行ってきたようだ。
二、三分で調理助手が戻った。非常口も通用口も、厨房の搬入口も旧館への通路も、全部施錠されていると、半ば震える声で告げた。暴漢は頷き、座れと命じた。助手は倒れ込むようにして畳に座ると、大きく息を吐いた。
突然、空気を切り裂く声が発せられた。

「お前は、多田《ただ》の倅《せがれ》の修一郎《しゅういちろう》だな。何のつもりだ!」

驚いて顔を上げる。声の主は、あの紋付姿の老人だった。声の太さも張りも、七十を過ぎているであろう人のものとは思えない。やはり、ただ者ではないようだ。

「覚えていたとは、さすがやな。河野の爺《じい》さん。いや、今思い出したのかな」

暴漢が薄笑いを浮かべた。

「何のつもりかは、じきにわかる」

暴漢はそれだけ返した。その態度が気に食わなかったか、老人の顔が朱に染まった。

「ふざけるな! そんな鉄砲一挺《ちょう》と油の缶ごときで、儂《わし》らに勝ったつもりか」

老人が膝を立てようとした。ずいぶんと気丈な爺さんだ。これは、周囲を従わせるのに慣れた人物だな、と上坂は理解した。しかし、強気すぎるのは危険だ。止めるべきか、と上坂は一歩踏み出しかけた。だがその時、背広姿の五十過ぎくらいの男が老人を止めた。

「い、いけんです。匂いがします。ガソリンは本物です」

本物、と聞いて上坂も鼻をひくつかせた。確かに、うっすらとだがガソリンの匂いが漂っている。

「ガソリンは一度火が付くと爆発して、一気に燃え広がります。泡消火器がないと抑えられません。危険です！」

懇願するような言葉に、老人も動きを止めた。暴漢がニヤリと笑う。

「その通りや。あんた、消防団か何かか。さすがによううわかっとるな」

その男は「消防団長や」と名乗ってから、青ざめた顔で目を逸らした。老人は唇を引き結び、暴漢を睨《にら》みつけた。二人はしばし、睨み合う。が、すぐに老人の方が「ふん」と鼻を鳴らすと、目を背けた。暴漢は振り返って一同を見回す。誰もが目を合わせないよう、横を向いた。

多田修一郎、か。上坂は暴漢の背中を見つめた。これで少なくとも、奴の名前はわかった。多田の肩幅は広く、腕も太い。力仕事に慣れているような感じだ。だがそれ以上は何もわからない。河野家とは何か因縁があるようだが、あの老人からそれを聞くことはできるだろうか。そして、じきにわかると言っていた多田の狙いは何なのか。

第二章　占拠された旅館

一日目　一八：〇〇

　夕闇が迫るにつれ、雨脚がまた強くなってきた。激しく動くワイパーでいくらフロントガラスを拭っても、対向車のヘッドライトや信号機の灯《あか》りはすぐ雨に滲《にじ》んでしまう。こんな天気の中をスピードを上げて突っ走るのは危険だが、この事件は安全運転で行く余裕を与えてくれそうになかった。

「くそっ、まったくよりによってこんな天気の日に」

　国道一九二号を西へ急ぐ捜査車両の後部座席で、藤本剛和《ふじもとたけかず》警視は窓の外を見ながら毒づいた。徳島県警刑事部の管理官を拝命して二年目、警察に奉職して以来最大と言える事件に遭遇し、捜査指揮を執ることになったはいいが、それがここ十年で最悪というほどの悪天候の中だとは。

「敢えてこんな天気を選んだ、ってことはないでしょうか」

助手席に座る部下の沢登《さわと》警部補が、振り返って言った。確かに悪天候は、警察の対応を阻害するという点では犯人の味方になる。

「まあ、それはないやろ」

藤本は沢登の言を否定した。

「こんなに荒れると、事前にわかってたはずがない。先週の予報では、台風はとっくに通過しとるはずやった」

まだ確認は取れていないが、犯人は宴会中だった地元有力者を人質にしているらしい。つまり、その宴会を狙った可能性が高い。であれば、天候はただの偶然だ。

「祖谷渓は相当な山の中ですからなあ。この雨で土砂崩れなんか起きなんだらええんですが」

藤本の隣に座る中川《なかがわ》警部が、不吉なことを口にした。

「あの辺の道は細いし、谷沿いですから。通行が遮断されたら、応援もままならんですよ」

「わかっとる。けど、天気だけは我々にはどうもできん」

藤本は、忌々《いまいま》しいとばかりに舌打ちした。言われなくともその危険は皆、承知している。

改めて時計を見た。脱出した客からの最初の一一〇番通報があって、既に一時間半ほど経《た》っている。通報から十分余り後、宿の主人から池田署に電話があった。犯人の指示だそうで、散弾銃を所持していること、発火装置付きガソリン缶も仕掛けていること、複数の人質を取っていること、警察が不用意に突入したら、人質の生命は保証しないということを告げてきた。が、何か要求があるのか、今のところはわからない。責任者たる自分たちが到着し、連絡してくるのを待っているのかもしれない。そうだとすると、かなり周到に準備していると思われ、要求の水準も高いものになると考えられた。藤本たちにとっては、厄介な相手だ。

「あとどのくらいかかるんや」

藤本は運転している鈴原《すずはら》刑事に聞いた。

「ええと、二時間くらいでしょうか」

鈴原は、すぐ前で車列を先導するパトカーに目を据えたまま答えた。二時間、と聞いて藤本はまた舌打ちしそうになる。直線距離では徳島市から七十キロ足らずなのだが、険しい山が邪魔をしており、吉野川《よしのがわ》沿いに阿波池田へ出てから大歩危《おおぼけ》を通ってぐるっと回り込まねばならない。同じ県内なのに大阪へ出るより遠いという、奥まった場所なのだ。

そのとき、車載無線から呼び出しが聞こえた。「はい、本部一号車」と沢登が応答する。

「えー、続報が入りました。犯人は一人。人質になっている宿泊客の数は、五名です。宴会場にいた客の数は、十名以上ですがまだ不明です。他に、旅館従業員が少なくとも六名」

二十人以上か、と藤本は勘定した。宴会の人数によっては、三十人以上かもしれない。だが、数が多いのは必ずしも悪いことではない。犯人が一人であれば、それだけの人数を管理するのは容易ではない。早晩、人質を絞ろうとするはずだ。解放された人質からは様々な情報が得られるだろうし、誰を残すかで犯人の思惑も見えてくるだろう。まず、宴会の客の身元を早く確認せねば……。

「それから、池田署の方で現地指揮所として、一番近い旅館を確保しました。そこの宿泊客は、観光ホテルの方へ避難してもらっている、とのことです。署長は間もなく現着予定です」

「池田の署長は、島倉《しまくら》さんか」

中川が言った。

「あの人、無駄に張り切るからなァ」

ぼやきのように聞こえたか、沢登がくすっと笑った。それを無視して、藤本はマイクを貸せと手を伸ばした。

「藤本だ。宴会をしとった客については、何者かわかったのか」

「ああ、はい。池田署で確認中です」

まだ確認中か、と藤本は顔を顰めた。それが伝わったかのように、無線の相手が続けた。

「ただ、どうやら河野という人の関係者らしいです。全員地元の人と思われますが」

「河野？」

阿波池田出身の中川が反応した。

「もしかして、河野依志輔《よしすけ》さんかな」

藤本は、マイクを持ったまま中川の方を向いた。

「聞いたことある気がするな。何者や」

「ええ、池田の祖谷側の奥に猪頭河《いとかわ》ちゅう集落があります。戦後に池田町《いけだちょう》に合併されるまでは一つの村やったんですが、そこの有力者ですわ。昔からの土地持ちで、造り酒屋とか製材所とか、今でもやってます。合併前は、村会議長とかもやってたかな。息子二人は徳島に出て、不動産会社とか建築会社とか、設備管理の会社とかを経営してまして、なかなかの羽振りですよ」

「なるほど、戦前からの顔役か」

「戦前どころか、江戸時代からでしょうな」

藤本は、腑《ふ》に落ちたと頷いた。昔からどこの村にもいた、地主階級の家だ。戦後の農地改革で没落した家も多いが、河野家は時流に逆らわず、うまく立ち回ったらしい。息子二人が市内で会社をやっているなら、現在も相応の影響力を持つ家なのだろう。

「そういうとこなら、敵もおるやろうな」

藤本が言うと、中川は「でしょうな」と応じた。犯人は河野家に恨みを持つ者。中川はすぐにそう考えたらしい。早期の思い込みは禁物だが、藤本もそれが一番納得できると思った。河野家の周辺、特に息子の会社に注意すべきだろう。人質が河野だと確定次第、本部に残っている連中に指示を出さねば。

「ちょっとだけ明るくなってきたか」

藤本が漏らすと、沢登が怪訝な顔で振り向いた。

「まだだいぶ降ってて、真っ暗になってきてますが」

「空模様の話と違う。事件の見通しや」

失礼しました、と沢登は頭を掻《か》いた。藤本はマイクを返し、シートに体を預けた。さて、現地の指揮所に着くまでに、あとどれだけのことがわかるだろうか。

一日目　二〇：〇〇

外はだいぶ暗くなったが、雨は依然として降り続いていた。日暮れ前に少し小降りになったものの、今はまた本降りに戻っている。

大広間は静かだった。占拠されてから四時間近くになるが、多田という犯人は、一度犯行を宣言する電話を宿の主人に命じて所轄の警察署にかけさせただけで、後は散弾銃を膝に胡坐《あぐら》をかいたまま、何の行動も起こしていない。時折り、首から提げた起爆スイッチを左手で弄ぶようにしている。わざわざ通報させた以上、何らかの要求があるに違いないのだからさっさと伝えればいいのに、と上坂は思ったが、多田はどうも待ちの姿勢のようだ。

河野家のグループは、額を寄せ合ったまま時折り小声で何か話しているが、上坂たち宿泊客とは距離を置いているので、内容はわからなかった。多田の態度から察するに、河野家に何やら含むところがあって、それが今回の動機であるに相違なかろう。河野家の面々は、それについて話し合っていると思われた。

「あのう……」

ちょっとそわそわした感じだった主人が、多田におずおずと話しかけた。多田は不機嫌そうな顔を向けた。

「何だよ」

「その、時間も時間ですし、皆さんお腹《なか》を空《す》かせてるのではないかと」

言われて上坂も、思い出した。通常の夕食時間は、既に過ぎている。確かに腹は減っていた。

「晩飯を用意する、って言うのか」

多田は、少し面白がるように言った。この大広間の緊張状態には場違いだ、と思ったのだろうか。

「用意できるんか」

多田に聞かれ、主人は板長の方を向いた。問いかけられた形の板長は、眉間に皺《しわ》を寄せて口を開いた。

「あー、はあ。米はもう炊けてますが。あと用意できてるのは、先付と刺身くらいで、それもお泊りの人数分しかありませんので」

泊り客は、この事件のため到着できなかった人を含めても十人くらいだろう。それを全員で分け合うことになりそうだ。

「じゃあ用意しろ。握り飯と、すぐ出せるものだけでええ」

主人はほっと息をついた。板長は助手を引っ張り上げるようにして立たせ、多田の促すまま一緒に厨房に行った。

「おい、襖を全部取っ払え」

多田が主人と番頭に銃身を振って命じた。

「襖を、外すんですか」

主人は番頭と顔を見合わせてから、立ち上がって言われた通り襖を外し始めた。これで廊下との間には二本の柱以外、遮るものがなくなった。そのうち一本には、ガソリン缶が禍々《まがまが》しく据えられている。

全部の襖が廊下に出され、厨房の壁に立てかけられると、多田は厨房の入口に移動した。厨房の扉は開けっ放しで、そこに立つと大広間と厨房の両方が視野に収まる。一人で両側を監視するため、襖を外させたわけだ、と上坂は得心した。

多田が移動してから、上坂は主人の脇ににじり寄った。気付いた主人が顔を向けたところに、小声で話しかける。

「とんでもない騒ぎになりましたね」

「はい、お客様方には大変なご迷惑をおかけしまして」

客商売とは言え主人の責任ではないのだが、ひどく恐縮している様子だ。

「新木《あらき》と申します。お客様は、東京からお越しの上坂様でしたね」

「ええ。従業員の方は、ここにいる皆さんで全員ですか」

いいえ、と新木は多田の方を窺《うかが》いながら言った。

「仲居が一人、二〇八号のお客様を案内して外へ逃げました。それ以外は、皆ここに居《お》ります」

「ボイラーの扱いとか、送迎車の運転をする人は」

「番頭の富永《とみなが》と私が交代で。機械類の管理は、業者さんに頼んでます。小さい旅館ですので、オイルショック以来人数を絞っておりまして」

なるほど、有名温泉地でもない地方の旅館経営はどこも楽ではないようだ。

「失礼ですが、ご家族は」

「はい、今日はたまたま、出かけておりました。阿波池田の病院に入院している家内の父親の様子を、息子と一緒に見に行ったんです。おかげで巻き込まれずに済んでいます」

不幸中の幸いで、と新木は言った。とすると、今頃女将《おかみ》さんと息子さんはどこかで足止めを食らったまま、気を揉《も》んでいるに違いない。

「ところで、その」

上坂は聞きたかった本題に入った。

「あの多田という男、ご主人はご存じですか」

「いえ、私は面識はありません」

新木は、心外だとでもいうように答えた。

「あいつ、ここへ押し入るなり河野はどこだ、と叫んでましたが。あっちの奥にいるのが、河野さんですね」

上坂は舞台の前にいる和装の老人を、目で示して問うた。新木はすぐには答えなかった。上坂がいろいろなことを聞きすぎる、と思ったようだ。察した上坂は、安心させるように囁《ささや》いた。

「僕は弁護士事務所の者で、裏社会の連中を相手にしたこともあります。さすがにこんな事態は初めてですが、いろいろお力になれることもあるかと」

ですから信用して下さい、と頼むと、新木は少し迷う素振りを見せたが、頷いた。新木としても、誰か頼りになる助っ人《すけっと》か相談相手がほしい、と思っていたのだろう。

「そうです。あの和服の人が、河野依志輔さんと言われまして、ご当主です」

「この辺の名家のようですね。大庄屋《おおじょうや》さんとかですか」

「はい、そういう御家《おいえ》で。いろいろとご商売も」

新木は河野家について、造り酒屋や製材所云々《うんぬん》と大雑把に話した。

「今日来ておられるご家族は、息子さん二人と弟さんです。依志輔さんの右側がご次男の依志延《よしのぶ》さんで、徳島市内で不動産と建築と設備管理の会社をなさってます」

この旅館の設備管理も、依志延さんの会社にお願いしています、と新木は付け加えた。

「左側が三男の依幸《よりゆき》さんです。やはり徳島の市内で、自動車販売の方を」

依志延は四十くらいで、新木と同年輩か少し若いだろう。依幸は三十代半ばといったところか。いずれも背広にネクタイだ。二人の倅は、町に出てそれなりの成功を収めているようだった。目付きがやや傲慢に感じられるのは、育ちのせいだろうか。

「ご長男は、来ておられないんですか」

「志願して戦争に行き、戦死されました」

なるほど。今は依志延が実質、長男というわけか。

「依幸さんのお隣が依志輔さんの弟さんで、依志武《よしたけ》さん。役場にお勤めでしたが、十年ほど前に退職されて、今は畑をやっておられます」

依志武は大柄だがおとなしそうで、何となく影が薄いように思えた。依志輔よりだいぶ若く見える上、顔もあまり似ていない感じだ。まあ、兄弟で性格が対照的になる例は、珍しくなかろう。

その他の方々は、この周辺の議員さんや会社の方や消防団の方で、普段から河野さんご一家にお世話に、と新木は言った。新木自身もその一人らしい。

「しかし、ご婦人は少ないですね」

河野家のグループで、女性は二人だけだった。いずれも五十代くらいで、新木が言った地元の町会議員と消防団長の奥さんらしい。後は依志輔を除くと中高年の男が十一人だ。

「どういう会合なんですか」

「はあ、依志輔さんの喜寿を祝う会で」

喜寿の会か。それにしては顔ぶれがちょっと少ないし、いびつに思えた。

「ご親族は、他には来ておられないんですか」

「いえ、ご親族が集まっての内輪のお祝いは、先週ご自宅でなさいまして。今日は消防団長さんの段取りで、普段お世話になっている方々でお祝いの会をやろうと」

それで子供もいないし女性も少ないわけか。納得したところで、新木が不審げな顔を見せた。どうしてそこまで河野家のことを知りたがるんだ、と問いたそうだ。ちょっと立ち入りすぎたか、と上坂は反省した。が、適当な言い訳をする前に電話のベルが鳴り響いた。大広間の全員が、ぎょっとしたように音のした方を向く。鳴っているのは、事務室の電話だった。

多田が動いた。表情からすると、待っていた電話がやっと来た、という感じだ。

「おい、広間の電話で取れるか」

はい、と新木が答える。

「客室の電話と同じですから、転送できます」

転送か、と多田が舌打ちした。

「かかってくるたび転送するのは面倒やな。事務室の外線電話、広間に持って来れるか」

「ええ、電話線は足りると思います」

新木は立って事務室に入り、鳴り続けている電話機を持って戻った。それを大広間に座り直した多田の前に置く。一呼吸置いて、まず新木が受話器を取った。

「はい、かずら館です」

受話器から相手の声が漏れたが、何を言っているかはわからない。

「はい、私が主人の新木壮太郎《そうたろう》です……はい……はい……みんな無事です。ええ、気分の悪い人とかも出ておりません。はい、二十……」

人質の人数を言いかけたようだが、そこで多田が受話器を奪い取った。相手は警察に違いない。多田の首から提げた起爆スイッチが揺れ、新木が身を竦めた。

「みんな無事なのは保証する。余計なことは聞くな。そっちの責任者と代われ」

多田がぴしゃりと言った。捜査責任者と直談判か。いよいよ要求を出す気だな、と上坂は思い、多田が何を言うのかと神経を集中した。

一日目　二〇：二〇

「責任者に代われ、と言うとりますが」

電話をかけた池田署の刑事課長は、送話口を手で押さえてこちらに問いかけの視線を向けた。池田署の島倉署長が、そのでっぷりした体を前に出そうとした。が、中川が先に受話器に手を伸ばし、「自分が」と言った。島倉が了解して身を引く。が、藤本は中川に手を振って下がらせ、自分に受話器をよこせと手振りで命じた。実際の責任者が直接出るのはいささか異例かもしれないが、この犯人とは自分で話したい、と思ったのだ。

「私が責任者だ」

藤本が言うと、相手は「名前は」と返してきた。

「そっちが先に名乗ったらどうだ」

受話器の向こうで、失笑が漏れた。

「俺の名前なんぞ、とうに知っとるやろうが」

承知の上か、と藤本は軽く嘆息した。相手の名前は、確かにわかっている。初動でかずら館の様子を見に行った池田署員が、玄関の閉じたシャッターのすぐ前に、突っ込むような形で止まっている白い七四年式カローラを確認していた。それはレンタカーだったので、借りた人物の名前はすぐに割れた。免許証の提示が必要なため、本名を記入していたのだ。

「多田君、だよな」

「ああ。で、あんたは」

「県警本部の藤本だ」

どう名乗っても良かったのだが、フェアではない気がして敢えて本名を告げた。

「で、何の用かな藤本さん」

駆け引きをするつもりか、と藤本は鼻で嗤った。

「そろそろ要求を伝えたいんじゃないかと思ってね。我々の到着を待ってたんだろう」

「ご明察だ」

多田が、僅かに笑い声を漏らした。島倉署長が、腹立たしそうに顔を歪《ゆが》めた。

指揮所を置いた松田《まつだ》旅館はかずら橋の停留所に近く、かずら館から二百メートルちょっとの距離だ。何かあっても、数十秒で駆け付けられる。藤本たちがいるのは旅館の事務室で、電話機には県警本部から持ってきたスピーカーを接続してあった。なので、かずら館との通話は部屋の全員が聞くことができる。

隣の宴会場と客室には、県警の捜査員と池田署の刑事課員らが詰めていた。

「総動員で、万全の態勢を取っています」

藤本らが到着したとき、出迎えた島倉署長は体を揺らせて胸を張った。

「何しろ、八年前の金嬉老《きんきろう》事件の再現のような重大事ですからね」

金嬉老事件とは、静岡県の温泉旅館に猟銃を持った男が客らを人質に立てこもったもので、在日韓国・朝鮮人差別問題が深く絡み、全国の注目を集めた。島倉署長はそれと今回の件を重ねて、また世間の注目を浴びると気を逸《はや》らせているようだ。藤本は顔には出さなかったが、同意はできなかった。あれと今回の件は確かに外形的には似ているが、簡単に同一視すべきではないと考えていた。

「ただ、この天候なので災害に備えた人員は残さんといけなくて」

島倉はいかにも残念そうに言った。当然だ、と藤本は思う。地元住民の安全確保が所轄の最大の任務だ。水害が懸念される状況では、署員を丸ごとこちらに掛からせるわけにはいかない。

「現場の監視は、どうなっています」

「少し先の、かずら館が直接視認できる位置に三人、置いています。トランシーバーで連絡を取っていますが、今のところ外から見える動きはありません」

三人か、と藤本は頷く。その人数では、突発時に対処するには少ない。この雨の中では気の毒な役回りだったが、機動隊が到着するまでは仕方がない。藤本は首を巡らせて沢登に聞いた。

「機動隊はまだか」

「あと十五分くらいと思いますが」

それでも早い方か、と藤本は唇を噛む。こんな場所で機動隊が必要になる事態は想定していないので、徳島から出動せねばならないのだ。今後の状況によっては、香川県警への応援要請も視野に入れておかねばなるまい。

万一に備えて、藤本は狙撃班も要請していた。しかし多田と人質のいる大広間は川に面しているはずなので、道路側から狙えない。対岸からなら狙えるが、この雨の中では困難だろう。いずれにせよ、それは最終かつ最悪の手段ではある。

「坂東敏則《ばんどうとしのり》を知ってるな」

唐突に、受話器の向こうの多田が言った。坂東だって？　藤本は思い出すのに三秒ほどかかった。

「知ってる。徳島市で不動産会社をやってる人だな」

「次の総選挙に出ようとしてるのも、知ってるか」

「ああ」

「あんな屑《くず》野郎を、国会議員なんぞにさせるわけにいかん」

ほほう、標的は河野でなく坂東か。藤本は小首を傾《かし》げた。

「坂東に、恨みでもあるのか」

「あいつは、俺の兄貴の会社を潰した。兄貴はそのせいで自殺した」

受話器を握る手に力が入った。これが本題か。藤本は部下たちに目配せした。指示するまでもなく、沢登がもう一本ある回線を使って電話をかけ始めた。本部に連絡し、多田の話が事実なのか確認させるのだ。事実なら、坂東がいったい何を仕掛けたのか、ということも。

「調べる手間を省いてやる。坂東は、本四連絡橋の開通後を見越した工業団地の開発を兄貴に持ちかけたんや」

開発絡みか、と藤本は腑に落ちた。三ルートが建設される本州四国連絡橋はオイルショックで一時凍結されたが、岡山と香川を結ぶ児島《こじま》・坂出《さかいで》ルートと、淡路島《あわじしま》から徳島県に繋がる鳴門《なると》海峡の橋は去年凍結解除になり、このうち鳴門の橋は今年七月に着工されたばかりだ。開通後を睨み、リゾート開発や工場、物流拠点の誘致が既に動き出している。それに伴う用地買収、開発許可などには様々な思惑が渦巻いて、きな臭い噂《うわさ》も聞こえていた。

「で、兄さんはどうした。話に乗ったのか」

「ああ。だが、兄貴の会社が買った土地は、開発許可が下りんかった。もともと、無理があったんや」

「どうしてそんな土地を買うことに」

「坂東が自分の力で何とかすると請け合った。しょせん口約束だが、兄貴は信用してもうた。坂東の後ろに河野がついとったからな。俺の実家は昔から河野にいろいろ世話になってた」

多田の言葉が途切れた。口惜《くや》しさが再び湧いて来たのだろうか。世話に、という言葉に変な響きが交じったのを、藤本は聞き逃さなかった。

「河野依志輔さんのことか」

「いいや。倅の依志延や。あいつは不動産と建築をやってて、坂東とつるんでる」

なるほど。それは充分ありそうな話だった。多田は先を続けた。

「坂東と依志延は、ダメ元であっちこっちの土地を買いあさった。自分だけじゃ資金が足りないから、兄貴以外にも何人かに声をかけてな。そのうち幾つかでもうまく行けば、大儲《おおもう》けちゅうわけや。だが結果的には、兄貴が摑《つか》んだのはクズやった」

多田の兄は土地を買うため、資金繰りに無理をしていたらしい。行き詰まりかけた兄は、坂東に補償するよう求めた。だが坂東は自分のせいではないと取り合わなかった。

「それで兄貴は、坂東が不正をやってるという証拠を捜し始めた。奴を法廷に引き摺《ず》り出して補償金を取るつもりだったんや。駄目でも、取引材料になると踏んでたかもしれん」

無茶な話だ、と藤本は思った。坂東みたいなのが素人にそうそう簡単に尻尾を摑ませるとは思えない。多田の兄は余程切羽詰まっていたのだろう。

「それを知った坂東は、銀行やら何やらに手を回して、兄貴の仕事を干した。銀行からは借入金の引き上げを通告され、どうにもならなくなった。追い詰められた兄貴は、会社の車庫で首を吊《つ》った」

「それは……気の毒だった」

本部に電話していた中川が藤本の方を向き、首筋を手で撫《な》でてから指で丸を作った。多田の兄の自殺について、確認が取れたらしい。

「坂東は兄貴を嵌《は》めて、自分だけ大儲けした。依志延も、分け前に与《あずか》った。兄貴を踏みつけにした坂東たちを、俺は許さん」

「うむ。あんたの言いたいことはわかった」

藤本は同意するように言ったが、要求らしきものはまだ出されていない。こちらから促したものか、一瞬迷った。が、すぐに多田の方から言った。

「さてと。ここまでの話、そっちは録音しとるんやろう」

藤本は眉を上げたが、否定するようなことでもないと思い、「ああ」と応じた。

「よし。そいつを十一時の東陽《とうよう》テレビのニュースで流せ。一言一句、省くなよ」

「何だって？」

思わず問い返した。自分の主張を公共電波に乗せろだと？

「テレビを見てるぞ。流れたら、人質の一部を解放する。流れんかったら、誰かが死ぬぞ」

「これが要求なんだな？　なら、人質全員解放しろ」

せせら笑うような声が聞こえた。

「これだけのわけがないやろ。まだ続きがある」

くそ。次には何をやらせようと言うんだ。

「こんなことをして、兄さんが喜ぶと思うか」

今度は受話器から失笑が返ってきた。

「喜ぶに決まっとるやろう。じゃあ、またな」

そこで電話は切れた。我ながら陳腐な台詞《せりふ》を最後に言っちまったな、と藤本は舌打ちして、沢登にすぐ本部に電話するよう命じた。

一日目　二〇：三〇

多田が電話を切った後、しばしの沈黙が大広間を覆った。誰もが今の会話を聞いて、呆然としていたのだ。それは上坂も同じだった。兄の復讐《ふくしゅう》、という動機自体は驚愕するほどのものではない。だが、いきなりテレビで放送しろとは。

静けさは長く続かなかった。

「多田っ！」

舞台の前に固まっていた河野家の中から、いきなり依志延が立ち上がって叫んだ。全員が一斉にそちらを向く。

「貴様、何なんやこれは。俺と坂東さんがつるんで不正をやったやと？　しかもテレビで流せやと？　ふざけんな！」

依志延は名指しされたことで逆上したか、真っ赤になっている。

「あれはなあ、真っ当な取引や。思惑が外れて損したからって、俺のせいにするんか。ええ、俺のせいなんか」

憤然としてこちらへ踏み出そうとする。多田も、怒りを露《あら》わにして依志延に銃身を向けた。

「うるさい！　文句を言える立場か。座ってろ！」

「この野郎……」

依志延は拳を振り上げ、さらに一歩進もうとした。その脚を、脇にいた初老の男が抱え込むようにして止めた。

「やめて下さい、社長、落ち着いて！」

依志延は、止めた男をぐっと睨みつけ、手で振り払おうとした。そこへ依志輔の、齢《とし》に似合わない大声が飛んだ。

「座ってろ、依志延！」

一喝された依志延は動きを止めた。それから依志輔を振り返ると、渋々といった態《てい》で腰を落とした。

「逆恨みか。兄を改めて貶《おとし》めることになるぞ」

依志輔はその鋭い目を、ひたと多田に据えて言った。重々しい響きだ。これで長い間、周りの者たちを跪《ひざまず》かせてきたのだろうか。

だが、多田はその視線をはね返すようにして言った。

「貶めるもんか。汚い金儲けを全国に知らせてやるだけや」

ふん、と依志輔は鼻で嗤う。

「いい年をして、何を青臭いことを。誰も聞く耳など持たんぞ」

「どうかな」

多田は銃身を向けたまま、笑い返した。

「あんたの時代はそうやったろうよ。だが放送を見た連中は、違うことを思うんやないか」

依志輔は、そのまま苛立《いらだ》ったような目を多田に向けていたが、やがて馬鹿にしたように鼻を鳴らすと、横を向いた。その依志輔に、多田は宣言するように言った。

「俺はまず坂東を潰す。あんたらはその次だ」

河野家の面々は、何も言い返さずに多田を睨んでいる。

上坂は、そっと新木の袖を引いた。

「新木さん、今の電話の話は本当なんですか。何かご存じでは」

新木はかぶりを振った。

「本四連絡橋絡みでいろいろある、という噂は耳に挟んでますが、この多田さんのお兄さんの話は、知りません。初めて聞きました」

無理もないか、と上坂は思った。この祖谷渓は本四連絡橋ルートからだいぶ離れている。身近で土地投機の話など、まずあるまい。

「さっき依志延さんを止めようとした人は、誰です。河野家の番頭さんとかですか」

「ええ、長年執事のようなことをしておられる、井口《いぐち》さんという人です。依志延さんの会社の専務もやってます」

ボンボンの守り役か、と上坂は理解した。

「しかし、NHKも他の民放もあるのに、東陽テレビ《TYB》を指定したのは何故《なぜ》でしょう」

その上坂の疑問には、新木が答えた。

「徳島放送がTYBの系列局になるんです。TYBの番組なら、徳島でも見られますから」

なるほど、そういうことか。頷くと、今度は新木の方が、そっと上坂に聞いた。

「どう思われます。本当に、十一時のニュースで流れるでしょうか」

「うーん、そうですねえ」

ああいう生々しい話を、裏付けなしにテレビ局が流すだろうか。それ以前に、いかに人質の命がかかっているとはいえ、警察が要求通りにすぐ動くだろうか。坂東とかいう相手は、それなりにこの地方では力があるようだ。そちらからの抗議も当然考慮するだろう。ここは十一時には無理だと言って、まず時間稼ぎするのが常識的なのではあるまいか。そう言ってやると、新木も「そうでしょうねえ」と小さく頷いた。

「いずれにしても、簡単には終わりそうにないですね」

新木が嘆息するのに、上坂も同意せざるを得なかった。

第三章　最初の要求

一日目　二一：〇〇

機動隊がようやく配置についたので、交代した池田署員たちが指揮所に戻ってきた。雨合羽を着ていたとはいえ、びしょ濡れだ。差し出された旅館備え付けのバスタオルを、有難そうに受け取った。

「ご苦労さん。何事も起きんかったか」

島倉が急《せ》かすように聞いたが、三人の署員には報告することがないようだった。

「中は見えませんし、雨のせいで音も聞き取れません。動きはない、としか」

島倉は少し落胆したような顔を見せた。そこで電話が鳴った。受話器を耳に当てた沢登が、さっと背筋を伸ばす。

「刑事部長からです」

一課長を飛ばして、部長から直接か。さっき伝えた多田の要求についての本部の返事に違いない。藤本は手を伸ばして受話器を受け取った。

「はい、藤本です」

部長は、早口で本部の結論を述べた。それは藤本にとって意外なものだった。

「は？　放送するんですか、そのまま」

「東陽テレビには、本部長から連絡した。向こうは要請に応じるそうだ」

録音テープを搬送する時間はないので、電話を通して再生し、本部で録音し直したものを徳島放送に渡して中継するようだ。音質はだいぶ落ちるが、放送できるレベルにはなるだろう。

「坂東氏からの反発が来ますよ」

「承知の上だ。人命がかかっている、と言えば大っぴらに否とは言えまい」

金嬉老事件のときも、要求に応じて差別発言をした警察官がテレビで謝罪している。しかし今回、告発されているのは部外の一般人だ。構わないのか、と藤本は念を押した。

「いろいろ、思惑があってな」

僅かに躊躇《ためら》ってから、部長は本部の判断の理由を話した。

「はい……はい……はあ、なるほど」

相槌《あいづち》を打ちながら聞いた。ちょっと首を捻りたくなったが、意図はわかった。

「放送前に、一課長がマスコミに説明する。なんで東陽だけ、とか言われたらかなわんからな」

多田には要求を容《い》れる、と返事し、できるだけ多くの人質を解放させろと指示して、部長は電話を切った。

「放送するんですか。要求通りに」

中川が眉をひそめた。

「管理官、どうも複雑な表情をしとられますが」

ああそうか、と藤本は両頬を手で叩くと、中川と沢登と島倉署長に傍《そば》に寄るよう目で示した。

「それで、本部の考えは」

中川が小声で尋ねた。

「どうも坂東については、二課が内偵を進めてたようだ」

へえ、と沢登が眉を上げる。

「全然知りませんでした。そんなら、多田の喋《しゃべ》った内容は事実なんですか」

「らしいな。確認したわけじゃないが」

おそらく多田が喋ったこと以上に、大きな贈収賄か詐欺の疑惑があるのだ。

「しかし、内偵中ならこんなことで表に出てしもうたら、台無しではないですか」

島倉が渋面で言った。いや、と藤本は手を振る。

「逆手に取るようです。全国放送された以上、何もしないわけにはいかない。坂東も、事情聴取を拒めなくなる。これで却《かえ》って堂々と捜査できる、ちゅうわけです」

「ははあ。二課はかなりのところまで摑んでたんですな。この放送を口実に、一気に本丸を攻めようと」

中川が、納得顔になった。

「坂東は、否認や反論しようとすれば、ますます深みに嵌まる、ちゅうことか。本部の上の方も、なかなか人が悪いですな」

「人がいいとでも思ってたんか」

いやいや、と中川が笑った。

「まあええ。とにかく、多田に電話や。何人解放させられるか、やな」

わかりました、と沢登が手近の受話器を取り上げた。

一日目　二一：一〇

板長が出してくれた簡単な夕食を皆が腹におさめた後で、大広間に引き込んだ外線電話が鳴った。しばらく静かだったので、爆発音でも聞いたかのように誰もが身を竦めた。

多田は慌てもせず、落ち着いた仕草で受話器を取った。

「はいよ。決めたか。……うん、そうか、よし。……え？　何人かやと？　それはこっちで決める。放送が終わってからや」

そこまでで、まだ相手が喋っているのを無視し、多田は受話器を置いた。そして一同を見回し、ニヤリとする。

「皆さん、いい知らせや。要求通り、十一時のニュースで放送される」

それを聞いた依志延が、目を剝いた。

「何やと？　嘘つけ。あんな戯言《ざれごと》を警察もテレビ局も相手にするもんか」

「相手にしてくれるそうやで」

多田は軽蔑の籠った眼差《まなざ》しを依志延に注いだ。依志延の目に、憎悪の光が宿った。そのまま立ち上がって、多田に向かおうとする。が、また井口が縋《すが》りつくように止めた。

「離せ！　このふざけた野郎を……」

言いかけたのを遮るように、依志輔が怒鳴った。

「多田！　図に乗るな」

依志輔は腰を上げ、仁王立ちになった。

「お前などが、こんな真似《まね》をして何様になったつもりで……」

いきなり多田が銃を天井に向け、発砲した。雷鳴のような音が轟《とどろ》き、悲鳴と共に全員が伏せた。依志延は、腰を抜かしたように尻もちをついた。その頭に、破壊された天井板の破片がぱらぱらと落ちた。

さすがに依志輔も言葉を呑《の》み込み、目を大きく見開いている。肩がわなわなと震えているのは、恐怖ではなく屈辱感の為せる業かもしれない。その様子を見て、多田が嗤った。

「何様はあんたや。おとなしく座っとれ。弾丸はいくらでもある。永久に黙りたいなら、ご要望に応じるで」

依志輔は多田に怒りの形相を向けたまま、畳に座り直した。それに満足したか、多田は一同を見渡して言った。

「この通り、俺は撃つのを躊躇わない。指示に逆らったり、勝手に逃げようとしたら、遠慮なく撃つ。わかったな」

それから柱のガソリン缶に首を振った。

「あれのことも、忘れるなよ」

誰も声を上げられず、ただ黙って頷いた。

一日目　同時刻

無線から慌てたような声が飛び込んできた。

「発砲音、発砲音です」

前方に展開した機動隊員からだ。指揮所に一気に緊張が走り、中川が電話に飛び付いた。大急ぎでかずら館を呼び出す。

「よう、驚かせてしもたか」

多田の気楽な声が、スピーカーから流れた。

「今の発砲は何だ」

怒鳴るように中川が言った。多田からは、苦笑したような声が返ってきた。

「心配すんな。うるさいおっさんがいたんでな。ちょっとびびらせただけや。天井が傷んだが、怪我人《けがにん》はおらん」

ほっと安堵の息を吐く気配が、指揮所のあちこちから感じられた。

「そんなことで撃つんじゃない。誰か怪我でもしたら……」

「放送が済むまで、電話はなしや」

「わかった。こっちの電話番号を教えておく。何か言いたくなったら電話しろ」

番号を告げると、そこで一方的に電話は切れた。

「驚かせやがって」

中川は腹立たしげに舌打ちして、受話器を置いた。

「どうやら、弾丸は充分持っとるようやな」

藤本は呟くように言って、沢登に「銃と弾薬の出どころは、まだか」と問うた。沢登は申し訳なさそうな顔をする。

「まだです。父親が狩猟免許を持っていた、ということだけ、確認できてますが」

実家で保管されていた銃だろうか。レンタカー会社に残されていた多田の住所は大阪のもので、大阪府警に確認してもらっている最中だ。自殺した兄の遺族の元へは、行っていない。まさか大阪で銃を所持していたわけではあるまい……。

「只今《ただいま》戻りました。奥さんの聴取、終わりました」

鈴原刑事が、もう一人の捜査員と一緒に指揮所に入ってきた。

「おう、ご苦労。奥さんは落ち着いたか」

中川が労《ねぎら》いの言葉をかける。奥さんというのは、かずら館の女将で、息子と一緒に阿波池田の病院へ父親を見舞いに行ったおかげで難を逃れていた。かずら館へ帰ろうと車を走らせていたところ、道路封鎖に阻まれて事件を知ったのである。

「ええ。どうしてこんなことが、って、まだ混乱しているようですが。旦那さんとお客さんを、大変心配しておられます。取り敢えず息子さんと一緒に観光ホテルにお送りしまして、そこで待ってもらうことにしました」

「そうか。奥さんにしてみれば、とんでもない災難やからな。巻き込まれないで幸いだったが、ご本人はとてもそんな気になれんやろう」

中川は深い同情を顔に浮かべて、言った。

「役に立つことは、聞けたのか」

藤本が聞いた。奥さんの気持ちは察するに余りあるが、まずは捜査情報だ。ああ、はいと鈴原は内ポケットから畳んだ紙を出し、机に広げた。

「かずら館の見取り図を描いてくれました。ここが大広間で、広さは四十畳。ここに多田と人質がいるようです」

藤本たちは、鈴原が指差すところを覗き込んだ。旅館の図面は、十年前に本館を建てた建築会社に依頼してあるが、まだ届いていない。手書きとはいえ、女将が書いてくれた略図は正確なはずで、非常に有益だった。

「玄関と反対側は、全面ガラス窓か」

確認のため言うと、鈴原はそうですすと答えた。

「眺望がいいですからね。それが売りです。崖から張り出す建て方なので、そちら側には足場がありません。渓谷側からの突入は無理でしょう」

だろうな、と中川が頷く。

「突っ込むとしたら、地階の風呂場か機械室からでしょうな。しかし、中から一階へ行く階段が一本だけというのは、不利ですな」

地階と言っても道路面から下にあるというだけで、全体が地下に埋まっているわけではない。浴場には渓谷側に大きな窓があるし、脱衣場と機械室から外に出る扉もある。軽合金のドアにシリンダー錠だそうだから、破るのは簡単だ。だが館内の通路は狭いので、人数を絞らないと動きが制限されるだろう。

「そこは機動隊で検討してもらおう。他には」

「はい、宿泊客の名前が。奥さん、予約名を覚えてくれていました」

さすが客商売で、予約客については常に頭に入っているのだ。鈴原は手帳を開いて読み上げた。

「広島のご夫婦の大八木《おおやぎ》さん、これは脱出して通報した人ですね。それから神戸の高井《たかい》さんご夫婦、大阪の中谷《なかたに》さんご夫婦、同じく大阪の長田《おさだ》さんお一人、東京の上坂さんお一人、また大阪の西浦《にしうら》さんお一人。こちらは女性ですね。以上です」

「高井さんてのは、到着したのが占拠の後だ。道路封鎖で止められて、宿には入ってない。だから中にいる客は五人だな」

捜査員の一人がボードに名前を書き並べたが、中川が高井の名前を線で消した。

「女性の一人客がいるのか。旅館はこういう客を嫌がるもんやと思うたが」

一人旅の女性は訳ありが多く、自殺などのリスクを嫌った旅館が宿泊を断ることはままある。かずら館はそういう方針を採っていないようだ。

「近頃は女性の一人旅も増えてるから、そういう対応はだんだんなくなっていくんだろうがね」

藤本はボードを見ながら言った。一番若い鈴原が、そうですねと頷く。一方、ベテランの中川はボードに向ける藤本の視線に気付いたようだ。

「何か客に気になることでも？」

藤本は中川に顔を向け、何でもない、と肩を竦めてみせた。

「東京の上坂って名前に、ちょっと縁があったもんでな。と言っても、東京には一千万人以上が住んどるんや」

偶然同じ苗字《みようじ》というだけだろう、と言うと、中川はそれ以上聞かなかった。

そこで藤本は思い出して、島倉に聞いた。

「多田の実家は、池田町内ですか」

「そうです。本籍はこっちで、やっぱり旧の猪頭河村ですわ。家には誰も住んでおらんはずですが、自殺したという多田の兄は時々使っていたと思います」

「家は残ってるんですね」

問われた島倉は、そうですすと答えてから、はっと眉を上げた。

「すぐ調べさせます」

多田は大阪を出てから、無住となった実家に寄っていたかも、と気付いたのだ。そこで銃を手にしたのかもしれない。島倉はあたふたと出て行った。

一日目　二一：二〇

　発砲から数分経つと、大広間の空気もだいぶ落ち着きを取り戻した。河野家の面々は相変わらず寄り固まり、依志輔と依志延は多田を睨んだままだ。依幸と依志武は、その二人よりは意志が弱いのか、目を逸らせて膝を抱えている。多田の方は、どこ吹く風と澄ました顔だ。

　上坂はまた、新木にそっと話しかけた。幸い、雨音と川の激流の音が大広間まで入ってくるので、小声なら多田に聞こえることはなさそうだ。

「警察とテレビ局がすんなり要求を呑むとは、ちょっと驚きましたよ」

　新木はそう驚いてはいないようで、はぁと少し気の抜けた返事をする。

「やっぱり私らの命を気遣ってくれた、ということでしょうか」

「まあそうでしょうが、何か思惑がある気がしないでもないですね」

　思惑、と聞いて新木がびくっと肩を動かした。

「あの、油断させておいて突入するとか、ですか」

　多田に気取られまいと、声がさらに小さくなった。

「あさま山荘みたいに、鉄球をぶつけたりするんでしょうか」

その言い方は、自分たちの安全というより旅館を壊されるのを怖がっているように聞こえた。いやいや、と上坂は苦笑交じりに言う。

「あさま山荘では犯人が複数で、人質は一人でした。しかも銃を何挺も持ってて、易々《やすやす》と屈服させられる奴らじゃなかった。ここはその逆です。八年前の金嬉老事件と一緒だ。強行策は控えるでしょう」

新木はなるほどという顔になる。

「それに、ここは頑丈な鉄筋コンクリートでしょう。鉄球をぶつけたとしても、簡単には壊れない」

「ああ、それはそうですね」

新木は安堵したらしく、強張《こわば》っていた肩を緩めた。

「どうでしょう。放送が流れたら、本当に何人か解放してくれますかね」

「しますよ。一部の解放ということは、要求はこれ一つじゃない。約束を守らなければ、次の要求は聞いてもらえませんからね」

ごもっともです、と新木が頷く。

「誰を解放するでしょうか。まずお客さんを、と思っているんですが」

ちらっと舞台側を見た新木の表情からすると、その「お客さん」に河野家は含まれていないようだ。多田の標的が坂東と河野家だとはっきりした以上、それは当然だろう。

「普通に考えれば、無関係の泊り客と女性から解放するとは思いますが」

上坂は常識的なところを述べたが、多田はそうしないような気もした。むしろ、無関係の客を巻き込んだままにしておくことで、警察の対応を慎重にさせようと狙うかもしれない。

「ここに子供さんがいなくて、本当に良かったですよ」

新木が言った。正直な感想だろう。新木はまた声をぐっと低めると、上坂の方に顔を寄せて聞いた。

「やはりお仕事柄、こういうことにお詳しいようですね。こちらの方には、その関係でお越しなんですか？」

上坂は、どう答えようかと迷った。詳細は守秘義務があるが、信用を得るためには概略だけなら正直に言っても構うまい。

「今回は、高知へ相続関係の揉め事を調査しに行ってたんです」

頼まれた内容は、隠し子だと言って急に現れた男の身元を確認することだった。ちょっとややこしい相手で、高知でも調査の妨害が入りかけ、関係者の口を割らせるのに手間取った。四日かけて騙《かた》りだと証明でき、証拠資料を書留速達で郵送して、一息ついたところだったのだ。

「なるほど、そうでしたか。では、もしかしてこちらの方も」

新木は、こっそり自分の腕を叩いた。腕っぷしも立つのか、との問いかけだ。上坂は急いで否定した。

「そっちの方は、当てにしないで下さい」

新木は残念そうな溜息を漏らした。そこで多田がこちらを向いているのに気付き、慌てて上坂から顔を背けた。


夜はだいぶ更けてきた。窓を閉めて空調を動かしているのに、雨の音はさらに強く室内まで聞こえている。祖谷川の水量も、どんどん増えているだろう。ここを囲んでいるはずの警察の部隊は、濡れっ放しなのだろうか。今はまだ暑さの残る季節だが、氷点下の寒気に晒《さら》されたあさま山荘の機動隊と、どちらがきつ《っ》いだろう、と上坂は思った。

時計が十一時の二分前になると、多田はテレビを点けるように言った。番頭の富永がすぐにスイッチを入れる。二十インチのテレビは幸い車輪の付いた台に載せてあったので、大広間の真ん中に引き出されていた。徳島放送にチャンネルを合わせ、画像が出ると、富永は音量をぐっと上げた。

「今晩は。十一時のTYBニュースをお伝えします」

十一時ちょうど、タイトルが映って二人のキャスターが一礼し、番組が始まった。

「まず最初に、徳島県で起きた人質立てこもり事件からです。今日午後四時ごろ、徳島県三好《みよし》郡東祖谷山《ひがしいややま》村にある旅館かずら館に猟銃を持った男が押し入り、居合わせた宴会客、宿泊客や旅館従業員など合わせて二十五名を人質に取って立てこもりました。徳島県警によりますと、犯人の男は大阪市に住む多田修一郎三十六歳で……」

全員が食い入るように画面を見つめ、ひと言も聞き漏らすまいと神経を集中していた。まずこれで、多田の年齢がわかった、と上坂は内心で頷いた。自分と同年輩だ。通報から六時間以上、県警は大車輪で調べを進めているだろう。

一通り事件の概況を伝えた後、キャスターは真剣な顔つきでカメラを見据えた。

「これから放送する内容は、犯人自身が警察との電話を通じ、語ったものです。東陽テレビでは人質の安全を第一に考え、犯人の要求通り、そのまま放送することにいたしました。徳島放送のご協力により、録音を流します。ただしあくまで犯人の主張であり、東陽テレビとして裏付けを取ったものではないことを、あらかじめお断りしておきます」

前置きの後、テープの音声が流れだした。音響技術者が処理を行ったのか、思ったよりも鮮明に聞き取れた。大広間の誰もが、ひと言も発しなかった。

テープが終わると、キャスターは真剣な面持ちで多田に呼びかけた。

「私たちはあなたの要求通りに放送しました。あなたはそれをご覧になったでしょう。一刻も早く人質を解放してくれるよう、お願いいたします」

「はいはい、わかってますよ」

多田がテレビに向かって呟いた。それから、もういいと富永に言って、テレビを消させた。画面が暗くなると、一同の目は一斉に依志延に注がれた。気付いた依志延が、真っ赤な顔で喚《わめ》く。

「何だ、何なんだよ。俺は知らんぞ。こんなの、嘘っぱちだ。そいつが勝手に……」

「嘘じゃないことは、あんたが一番よく知っとるやろうが」

多田が銃身を突きつけてせせら笑い、依志延は依志輔に制されて黙った。河野家とその取り巻きたちは困惑の表情を浮かべていたが、河野家と関わりのない泊り客は、軽蔑したような目を依志延に向けている。特に、女性二人の目付きが厳しかった。あんたのせいでとんだとばっちりだ、とその目があからさまに語っている気がした。

そこで電話が鳴った。新木が受け、相手を確認してから多田に受話器を差し出す。

「俺だ」

多田が応答した。

「ああ、見たよ。わかってる。今から三分後に、出す」

それだけ言って、相手に何も返させずに受話器を置いた。

「よし。それじゃご要望に応じ、これから指す者は解放する」

多田は一同に宣言すると、指で一人ずつ、指し始めた。

「あんたとあんた、それからあんたたち。仲居さんは二人ともや」

仲居以外に指名されたのは、消防団長とその夫人、町会議員か何からしい六十くらいの男とその夫人だった。指名された者たちは、一様に安堵を顔に出した。消防団長は、やれやれ助かったと溜息をついてから、河野家の人々への配慮を思い出してか、顔を引き締めて無理に済まなそうな表情を作った。

「おい番頭、廊下の先の通用口のところに立て。合図したらドアを開けろ。ただし、お前は外に出るなよ」

多田はこれ見よがしに起爆スイッチを振りながら言った。

「は、はい。わかりました」

富永は弾《はじ》かれたように通用口に向かった。

「指名された者は、通用口の前に並べ」

六人が立ち上がり、廊下へ出て行った。それを見ながら、中谷と名乗っていた年嵩の夫婦の夫が、抗議の声を上げた。

「まず無関係の我々泊り客が先やないのか」

多田は苛立ったように振り向き、きつい口調で言った。

「誰を解放するかは、俺が決める」

「しかし、客が駄目でもまず女性全員というのが……」

「文句を言うな。黙ってろ」

さらに口調を強めたので、中谷は黙った。その妻が、余計なことをするなと袖を引いた。多田はそれを見て、口調を和らげた。

「あんたたちには災難だが、もうちょっと付き合ってもらう。恨むなら、河野の連中と坂東を恨んでくれや」

やはり多田は、無関係の客というカードを手放さないつもりだ。世論の同情を引くにはマイナスだが、それは考えていないのかもしれない。泊り客の女性二人が、また河野家の者たちを睨んだ。依志延は居心地悪そうに横を向いたが、御迷惑をかけますという詫《わ》びの挨拶など、もちろんなかった。

「よし、用意はいいか」

多田が腕時計を見ながら言った。富永が身構えるのが、ちらりと見えた。

「今だ、開けろ。六人、すぐに外へ出ろ」

富永が錠を回し、扉を押し開けた。並んでいた六人が、雨の降りしきる外へ飛び出して行った。

「閉めろ！」

最後の一人の背中が消えた途端、多田が叫んだ。富永は言われるまま扉を閉め、ロックし直した。残った一同から、溜息が漏れた。

一日目　二三：二〇

「出ました。六人です。今、安全確保しました。怪我人なし」

旅館前にいる機動隊の指揮官から、無線報告が入った。取り敢えず、第一段階はクリアだ。指揮所の面々が、胸を撫で下ろす。

「無事なようなら、一旦こっちに連れてきてくれ」

藤本が伝えた。待機させてある救急車で病院に搬送し、怪我や精神状態をチェックすべきなのだが、病院まではかなり遠い。中の状況について、今すぐ聞けることは聞いておきたかった。

「一人は消防団長さんで、この大雨が心配なのですぐに消防団の方に戻りたい、と言っておられますが」

「気持ちはわかるが、聴取が先だ」

団長としての責任を果たそうとするのは立派だが、こちらの危機の方が今は優先だ。副団長もいるだろうし、団長がいなくては消防団が動けない、ということはあるまい。

「今の隙に突入は、やはり無理でしたか」

島倉が残念そうに言った。

「狭すぎますし、相手も当然警戒してますからね。強行はできません」

やはりね、と島倉も渋面で応じた。欧米の警察や軍が持っている特殊部隊ならやりようはあったかもしれないが、現状では望むべくもない。日本にそんなものができるのは、いつになることやら。

「坂東氏は放送を見ましたかね。本部から予告はしてあったんでしょうか」

何を言ってくるやら、と中川は顔を顰めたが、藤本は気にするなと言った。

「そっちは本部に任しとけばいい。我々は目の前のことに専念する」

ごもっともです、と中川の顔が明るくなった。

さて次はどう出てくるか。考えていると、解放された人質を迎えに行った沢登が指揮所に戻ってきた。

「解放されたのは町会議員夫妻と、消防団長夫妻。いずれも河野家の宴会の客です。後は仲居さんが二人です」

沢登はメモした氏名を読み上げた。やはり怪我などはない、ということだ。

「消防団長の話では、ガソリンは本物だそうです」

藤本は唇を歪めた。銃はともかく、ガソリンは偽装の可能性もあると思ったのだが、そう甘くはないようだ。

「それと、田島という仲居さんが泊り客の名前を書いたメモを持っていました。呼び間違えないよう、いつも心覚えに持っているそうで」

有難い心がけだ、と藤本はメモを受け取った。これで宿泊客のフルネームがわかる。

「中谷俊哉《としや》、中谷治子《はるこ》、と。これは大阪のご夫婦だな」

「五十七か八だそうで。会社を定年になってから、悠々自適であちこち回っているようです」

羨ましい御身分だ、と藤本は目尻を下げた。

「長田恭一《きょういち》、これは会社員か。西浦晴美《はるみ》、こちらは？」

「はっきりしませんが、仲居さんによると、水商売風だということです」

水商売の女の一人旅か。何かありそうな気もするが、まあ今はいい。

「それから、上坂徹郎……」

藤本は眉間に皺を寄せた。中川が気付いて問う。

「さっき、上坂という名前に縁があるとおっしゃってましたな」

ああ、と藤本は返事した。

「下の名前も年恰好《かっこう》も同じだ」

「田島さんが言うには、弁護士の手伝いのような仕事をしているとか」

ふむ、と藤本は考え込んだ。

「確認した方がいいかもしれん」

藤本はスピーカーを接続したのは別の外線電話を取ると、手帳を出して電話番号を確かめ、ダイヤルを回した。もう夜中だが、向こうも緊急連絡には慣れているはずだ。

相手は三回の呼び出し音で出た。

「あっ、どうも。徳島県警の藤本と申します。こんな時間に申し訳ありません……ええ、はい、ご無沙汰しております。その節は大変お世話に。実は緊急に確かめたいことがありまして」

藤本は手短に用件を伝えた。幸い相手にとっては、調べるまでもなく答えられることだった。

「彼が何か」

最後に相手が聞いた。報道されている立てこもり事件の関連です、と言うと、相手はだいたいのところを察したようだ。励ましのような言葉と共に、通話を終えた。

「何なんです」

沢登と中川が、藤本に怪訝な顔を向けている。顔を上げた藤本は、これをどう使ったものかと考えつつ、言った。

「人質になっている上坂という男は、元警視庁の刑事だ」

第四章　布団部屋の事件

二日目　〇〇：〇五

さらに夜が更け、日付が変わった。一階の照明は全部点けっぱなしで、今のところ眠った者はいない。まあ、眠れるとしたら余程胆《きも》が太いのだろう。

六人減って十九人になった人質は、三グループに分かれる形で座っていた。河野の関係者、旅館の従業員、巻き込まれた泊り客がそれぞれ固まっている。泊り客の中であの一人旅の若い女性、西浦というらしいが、彼女だけは何か警戒するように少し離れていた。トイレは玄関の横にあるが、手を上げれば一人ずつ行かせてもらえた。多田自身も、さっき一度行っている。その隙に通用口から脱出できないこともない、と上坂は思ったが、一人ずつしか出られない通用口を十九人が抜ける間、多田に見つからない保証はない。誰も実行しようとはしなかった。

他の手はないか、と上坂は何度も頭で試行錯誤した。じっと観察していると、多田には隙がいくらでもあった。武器が銃だけなら、背後から不意を突けば制圧できなくはない。だが、首から提げているガソリン缶の起爆スイッチが問題だった。多田はそれをずっと左手に持ったままだ。あのスイッチを押すのは、コンマ一秒で足りる。その前に奪い取るのはかなり難しい。

多田がトイレに行っている間に、年嵩の夫婦の夫の方が、大阪の中谷と名乗って上坂に話しかけてきた。電機メーカーに勤めて一昨年定年退職したという。

「どうですかね。あいつ、本当に我々を撃つと思いますか」

問われた上坂は、どうでしょうと首を傾げた。

「発砲できるところは見せつけましたからね」

「脅しでしょう。あっちの河野さんのところはともかく、我々泊り客には恨みなどないはずや。敢えてこっちを撃ったり、ガソリンに火を点けるとは思えませんけどなあ」

それは上坂も考えていた。これまで多田を観察した限りでは、精神病質者などには見えなかった。むしろ常識ある男のようで、余程のことがない限り、一般人に発砲するとは思い難い。同様に、全員を殺す覚悟でガソリン缶を爆破するかどうかも疑わしい。が、確信が持てるところまでは行っていない。追い詰められれば、全員を道連れにする可能性もある。相手が実際に銃を持っていてガソリンが目の前にある以上、決めつけることは禁物だった。

「あまり期待しすぎない方がいいですよ」

上坂は、中谷が余計なことをしないよう釘《くぎ》を刺した。上坂も、流れ次第で多田を説得するつもりはあった。が、今はまだ時機ではない。中谷は残念そうに首を振ったが、多田が帰ってくるとすぐ手を上げた。

「すんません、儂もトイレ」

多田は無表情に頷いた。中谷は妻に「ちょっと行ってくる」と告げて廊下に出た。トイレの入口は見通せるので、そのまま逃げ隠れすることはできない。

中谷は五分経っても戻らなかった。多田が苛立ちを見せ始める。

「あのおっさん、何やっとるんや」

七分を過ぎると、多田は憤然と立ち上がり、トイレの方へ行こうとした。そのとき扉が開いて、青い顔の中谷が出てきた。腹でも壊したのだろうか。

「おい、遅いやないか」

銃を向けて多田が文句を言うと、中谷は慌てて首を振った。

「痔《じ》のせいで時間がかかるんですよ。他意はないから」

多田は舌打ちし、さっさと広間へ入れと言った。中谷が済まなそうに畳に座り、妻に「気をつけんと」と背中を叩かれた。

そのとき、照明が消えた。

「何やこれは！」

多田が叫んだ。大広間が騒然となる。上坂も驚いた。まさか、突入の前触れなのか。しかし、まだ強行突破するほど状況は切羽詰まっていない。危険が大きすぎるはずだが。ガソリン缶の上で点滅する赤ランプが、ひどく不吉に見えた。

上坂は、動くなら今だ、と思った。突然の事態に、多田は混乱している。背後から襲えば、間違いなく制圧できる。

だが、腰を上げかけたところで慌てた誰かがぶつかり、多田がどの位置にいるのかわからなくなった。背中を向けているのか、起爆スイッチの赤ランプも見えない。自分が間違った動きをして、多田にスイッチを押す機会を与えるわけにはいかない。上坂は唇を嚙み、再び腰を下ろした。

「懐中電灯を持って来い」

多田が要求を飛ばす。玄関の方に外から警察の投光器の灯りが少し入ってくるので、そちら側は微かに見える。動き出した黒い影は、新木に違いない。間もなく事務室の方で小さい灯《とも》りが灯った。それがこちらに動いて来る。

「二つ、ありますんで」

新木が懐中電灯を差し出し、多田はそれを摑んで電話を取り上げた。さっき受け取ったらしい電話番号を回しているようだ。相手はすぐに出た。

「おい、どういうつもりや。人質がどうなってもええんか」

多田が凄んだが、相手は落ち着き払っているようだ。多田は歯軋りするように聞いている。

「電線が切れて停電やと？　いい加減なこと言うな」

断線？　上坂は驚いたが、外は大雨だ。木が倒れたり土砂崩れが起きたりで電線が切れることは、確かにありそうだった。

「とにかく早《はよ》う直せ」

しばらく相手の言い分を聞いていた多田は、最後に怒声を上げて受話器を叩きつけた。

「あの、停電なんですか」

新木が聞いた。多田はまだ声を怒らせている。

「雨で地盤が崩れて、電柱が倒れたて言うとる。四国電力が修理に来るには、だいぶかかるとか抜かしよる」

周りがざわついた。では、しばらく真っ暗なままか。これは好都合と言うべきなのだろうか。

「おい、非常用の発電機、あるんやろ」

多田が新木に詰め寄った。新木は「あることはありますが」と答える。

「あくまで非常用で、燃料も大して入ってません。朝まではもちませんよ。せいぜい二時間です」

多田は少し考えるように口を閉じた。投降を勧めるなら今かも、と上坂が思ったとき、多田が策を決めたらしく新木に言った。

「発電機を動かせ。今は十二時半だから、取り敢えず一時まで三十分間や。その後は、三十分おきに四時まで動かす。四時半を過ぎれば、明るくなってくるやろう」

「わ……わかりました」

新木は懐中電灯を一つ取って、ロビーの方へ向かった。発電機は、地下の機械室にあるようだ。そこにも外への扉があるが、客を置いて逃げることはできないだろう。

五分ほど経って、いきなり照明が灯った。空調も息を吹き返す。皆が目を瞬いた。一瞬だが、多田はほっとしたような表情を浮かべた。

新木が戻ってきた。その顔を見て、多田がすぐに言った。

「玄関より向こうの廊下と、ロビーの電気を消せ。節約する」

新木は言われた通り、すぐに引き返してスイッチを切った。節電なら照明より空調を切った方がいいはずだが、多田を見ると額にうっすら汗が浮いている。蒸し暑いのは苦手らしい。

改めて大広間を見回すと、明るくなったことで安心した、と言うより、多くの人が当惑しているようだ。銃を持った男以外にこの大雨も災難の元になると、今さらながら認識したのだろう。それは上坂も同様だった。こんな天気の中では、警察も大変だ。

そこでふと考えた。この停電、本当に大雨によるものなのだろうか。

二日目　〇〇：三〇

「あいつ、信じましたか」

受話器を置いた藤本に、中川が言った。

「まあ、一応はな」

藤本はニヤリとする。

「信じなくとも、現に電気は使えなくなったんだから、奴としてはどうしようもない」

電気を止めたのは、中川の発案だった。これほどの雨なら、断線する事故が起きてもおかしくない。多田は疑うだろうが、否定する根拠もあるまい、と踏んだのだ。照明も空調も使えなければ、多田の忍耐力も落ちるだろうし、突入もしやすくなる、との読みだ。電話は仲居さんによると、停電でも使えるタイプのものだった。

「でも、非常用発電機があるんでしょう」

鈴原が言った。

「ある。しかし女将さんが言うには、二時間くらいしか使えんそうだ」

今から動かすと二時半くらいで燃料切れになる。多田が知らなければ、そのときが突入のタイミングになるかもしれない。

「いずれにしても、万全ではないがな」

藤本は戒めるように呟いた。

「ところで管理官、さっき言っておられた上坂という元刑事ですが」

中川が尋ねてきた。

「どういうお知り合いなんですか」

ああ、と藤本は軽く頷く。

「五年ほど前だ。沖浜町《おきのはまちょう》で殺しがあったの、覚えてるか」

あれですか、と中川は思い当たったとばかりに手を打った。

「間男が浮気相手の女の亭主をはずみで殺して、東京へ逃げたんでしたな。あれは管理官のご担当でしたか」

「当時は警部やったけどな。奴を追って東京へ出張したんやが、そのとき手を貸してくれたのが上坂刑事や。当時巡査部長かな」

「腕は良かったんですか」

「ああ。犯人の友人のとこにあったちょっとした手掛かりから、あっという間に潜伏先を割り出した。逮捕のときも一緒で、逃げようとした奴を先回りして押さえ込んだ。手錠《わっぱ》はこっちに譲ってくれたがな」

その逮捕が藤本の警視昇進の材料の一つになったことも、中川は思い出したろうか。

「そんな優秀なのが、なんで辞めたんです」

藤本はちょっと渋い顔になった。

「いろいろあったようでな。上と何か揉めたらしくて、三年前に自分から退職した。今は、弁護士事務所の下で調査員みたいなことをやってるそうや」

「ほう。上と、ねえ」

骨のある奴なんでしょうな、という目で中川は藤本を見る。

「その男がかずら館にいたのは、偶然ですか」

「全くの偶然らしい。こっちから連絡できれば、役に立つんだが」

さすがに電話して上坂を呼んでくれとは言えない。それに、上坂自身も人質である以上、できることは限られているだろう。

「隠し球、と言ってええんでしょうかね」

中川は考え込むように、言った。

二日目　〇一：〇〇

　午前一時になった。多田が新木に顎で指図する。新木は何も言わずに立ち上がり、ロビーの方へ向かった。間もなく灯りが消え、空調も止まった。しばらくすると、懐中電灯の灯りが近付いてきた。

「止めてきました」

　新木が小声で報告した。多田は「座っとれ」とだけ言った。館内は再び闇の中に沈み、玄関の天窓から漏れる投光器の光がぼんやりと見える他は、起爆装置の赤ランプがチカチカするだけだ。そのおかげで多田の居場所は暗くてもわかるが、多田も承知の上で身構えているだろうから、下手な手出しはできない。

　懐中電灯は多田が持ち、電池を節約するためか、時々点けては消すを繰り返していた。懐中電灯を絶え間なく動かして、順に一人一人監視していく、という手を使うかと思ったが、さすがに多田もそこまで神経を張り詰めてはいられないようだ。

　依然として緊張感はあったが、暗いとやはり眠気が襲ってくる。上坂の神経もだいぶ疲れていた。多田もそうであることを願うが、黒い影だけで様子はわからない。

　僅かにうとうとしかけた上坂は、突然気配を感じてはっと目を開けた。誰かが動いて、廊下に出たような気がしたのだ。そっと玄関の方を窺うと、淡い光の中を黒い影が通ったのが、おぼろげに見えた。黙ってトイレに行ったのだろうか。だが、この暗さで用が足せるのだろうか。

黒い影は闇に溶け込んで見えなくなった。微かに扉が開く音がしたような気がしたが、気のせいかもしれない。上坂は首を傾げたが、しばらくするとまた眠気が襲ってきて、意識が飛びそうになった。

寝てしまう前に目を開けたのは、周りが急に明るくなったからだった。反射的に時計を見る。一時半だ。指示通り、新木が再び発電機を動かしたのだ。

横を見ると、多田が眩《まぶ》しさに目を眇《すが》めていたが、突然その顔が強張った。

「何や、足りんやないか。どこへ行きよった！」

怒声が響き、大広間に座っていた人質たちはうろたえたように周りを見回した。そこで上坂も気付く。泊り客が、自分以外には中谷夫人しかいない。まさか、と目を剥いた。暗くなって間もなく感じた気配は、誰かが逃げ出すところだったのか。

そう思って青ざめたとき、ぱたぱたと足音がして、中谷が大広間に入ってきた。続けて、会社員風の男。確か、長田と言ったか。

「すんません、トイレに行ってまして」

「俺もです」

中谷と長田は、相次いで言った。そこへ厨房から、板長が出てきた。多田は目を剝いたが、すぐ呆《あき》れ顔《がお》になった。

「何をやっとるんや、お前ら。明るくなってからにせんかい」

いや、どうもと中谷と長田が頭を掻いた。監禁後十時間近くなって、だいぶ気が緩んできたらしい。多田は、山西《やまにし》と名乗っていた板長に目を向けた。

「あんたは厨房で何しとったんや」

「ああ、いや、朝の仕込みをどうするかと思って、できるものを確かめに」

何だと、と多田が眉を吊り上げた。

「そんなもん、どうして真っ暗な中でやるんや。灯りが点いてるとき、俺に断ってやったらええやろうが」

嘘つくな、という目で多田が睨むと、山西は首を縮めた。

「いや、厨房は外の投光器ちゅうんですか、あれのおかげでぼんやり見えるんで。停電中の冷蔵庫が心配やったし」

「厨房には搬入用の扉があるやろ。そこから逃げようとしたか、警察と連絡しとったんやないんか」

「そんなことはないですって」

山西は懸命に手を振った。そこで上坂は、脇に座る調理助手の正岡《まさおか》が、落ち着かなげに山西を見ているのに気付いた。何か知っているようだ。上坂は気付かないふりをしておいた。

「まあいい。二度と変な真似、するなや」

多田はまだ怒っているようだが、山西への追及はやめた。時間の無駄、と思ったのだろう。

「おい、ねえちゃんはどうした」

その声に、上坂は左右に首を回した。あの西浦とかいう三十くらいの女性が、戻っていない。多田の顔が、また朱を帯びた。

「おい、あんたら、見てないんか」

銃を突きつけるようにして、中谷と長田に聞く。二人は首をぶんぶんと振った。

「見てませんよ。だいたい、あの暗さですし」

長田が答えると、多田は苛立ちも露わに立ち上がった。

「おい番頭、それからあんた」

多田は上坂を指差した。

「ねえちゃんを捜してこい。見当たらんなら、逃げたってことや。落とし前、どう付けるか考えんとな」

河野家の面々が、顔を顰めた。今度はこっちが迷惑を蒙《こうむ》る、とでも言いたいのか。公平に考えれば、明らかに西浦や自分の方が河野家のおかげで迷惑しているのだが。

さっさとしろ、と銃身で小突かれ、上坂は立って廊下に出た。

「番頭さんは、まず玄関の向こうを。僕はこっちを見ます」

富永は、承知しましたと玄関の方に小走りで向かった。そちらには一〇一号から一〇三号までの三室が渓谷側に、トイレとリネン室、つまり布団部屋と物置が道路側に並んでいる。こちら側は厨房を挟んで奥が中《なか》広間という小宴会場、手前が事務室だ。上坂はまず襖が閉まっている中広間に行った。

中広間は電気が消えていて、無論のこと誰もいなかった。折り畳みの座卓と座布団が、隅の方に積み重ねてあるだけだ。隠れる場所などない。上坂は一瞥しただけで襖を閉めた。

次に厨房に入ってみる。山西がいたのだから、西浦が入れば気付いたはずだ。だが広間と違って調理台や厨房機器があるので、隠れられなくはない。

入ってすぐ左側に、配膳用の小型エレベーターがあった。そう言えばこの上は上坂の部屋の斜向《はすむ》かいで、配膳室になっている。二階へ膳を運ぶためのものだ。念のため上下開きの扉を開けてみるが、やはり空である。扉の脇に、真新しい紙に「指はさみ注意」と書いて貼ってあったので、気を付けて扉を閉めた。

奥へ一歩踏み出す。調理台も流しも、置きっ放しの湯呑み一つ以外、綺麗に片付いている。搬入口の近くの隅っこに、何か置いてあるのが見えた。調味料の大瓶かな、と思ったとき、後ろからもの凄い悲鳴が聞こえた。

厨房から飛び出すと、富永が転がるようにして駆け戻ってくるところだった。悲鳴に驚いた大広間の面々も、何事かと顔を出している。

「たっ、た、大変です！」

舌も回らぬ様子で、富永が喚いた。顔面は蒼白だ。

「何やいったい」

さすがに多田も驚いたようで、銃を下ろして叱るように聞いた。富永は、歯の根が合わぬような有様でどうにか答えた。

「に、西浦さんが、布団部屋で亡くなっています」

上坂も多田も他の面々も、絶句した。

半分腰を抜かしたような富永を置いて、まず上坂が飛び出した。前職で培われた条件反射のようなものだ。
「おい、勝手なことするな」
多田が後ろで叫ぶ。銃を向けられるかと思ったが、多田は舌打ちして大広間の面々に
「その場を動くんやないぞ。向こうからでも起爆スイッチは使えるからな」と言い残し、

上坂を追ってきた。

トイレの隣にある布団部屋には、「リネン室」というプレートが扉上に付けられていた。ドアを押し開けて入る。中は六畳間の幅を狭くしたような広さで、床はリノリウム張りだ。奥と左側の壁に設《しつら》えた棚に、布団と毛布が重ねられていた。いずれも冬用らしい。その奥側の棚の前に、西浦晴美が倒れていた。目を開いたまま、横向きで体をくの字に曲げている。上坂はその脇に膝をついた。

「何やこれは！」

後ろで、半ば叫ぶような多田の声が聞こえた。上坂は振り向き、冷静に伝えた。

「死んでるよ。しかも殺人だ」

「殺人……やと」

多田の顔が驚愕に歪んだ。

「な、何でわかるんや」

見てみろ、と上坂は体を脇に寄せて西浦晴美の首筋を指した。はっきりわかる痣《あざ》が残っている。

「扼殺《やくさつ》だ。両手で首を絞めたんだな」

「首を絞められた……」

多田は呆然と、その言葉を繰り返した。

「いったい誰が」

言いかけて上坂と目が合い、多田は慌てたように強い口調で言った。

「俺やないぞ」

「わかってる。あんたはずっと広間にいた。こいつのおかげで、それは確かだ」

起爆スイッチの赤ランプを指して言ってやると、多田はほっとしたように詰めていたらしい息を吐いた。

「あの……」

多田の横から、そうっと新木が顔を出した。泊り客のことである以上、主人として放ってはおけないと感じたのだろう。

「殺しらしいぞ」

多田がぶっきら棒に言うと、新木の目が見開かれた。

「そんな」

「とにかく、広間に戻りましょう」

上坂は床から立って、二人を促した。多田はむっとしたようだが、今回初めて、他人の言うことに従った。

大広間の人たちは、皆廊下側に出て来て酷《ひど》く心配そうな顔をしていた。運命共同体となった仲間の一人に起きた災難に心を痛めている、と言えば聞こえはいいが、自分にも何か起きるのではないかという心配が本音だろう。その顔ぶれを前に、廊下に立った多田が銃を構えて告げた。

「西浦という女の客が、布団部屋で殺された」

殺された、という言葉が皆の頭に届くのに、数秒かかったようだ。理解すると、一様に驚愕と恐怖が混じった表情になった。

「殺されたとは、どういうことだ！」

依志輔が怒鳴った。即座に多田が「黙っとれ！」と怒鳴り返す。なおも食い付こうとする依志輔を黙らせるように、多田が続けて言った。

「わかっとるやろうが、ここには外から誰も入って来れん。犯人は、この中にいる」

多田は一歩踏み出し、銃口を回して一人ずつ順番に向けた。

「誰の仕業や。今ここで白状せい」

無論、誰もが口々に、自分じゃないと言った。上坂はそれぞれの顔を見た。どの顔にも混乱と怯え、軽いパニックが見て取れる。それは自然な反応で、犯人であることを示す動揺と区別がつかなかった。

唯一、依志輔だけは怒りの籠った目で多田を見据えている。両脇にいる依志武と井口が、怯えたように蒼白になっているのと対照的だった。

やがて、全員の目が多田に向けられた。その目は、お前こそ犯人じゃないのかと詰め寄るようである。さすがに多田はたじろぎ、上坂の方を見た。心得て、上坂が話す。

「少なくとも、多田さんは犯人じゃない。彼が広間を出たら、すぐ気付けたはずだ。それに、こんな状況下で殺人を犯す理由がわからない。本気で確実に殺したければ銃を使えるのに、扼殺したというのも理に合わない」

中谷と新木が、納得したようにうーむと唸《うな》った。そこへ別の声が飛ぶ。

「そう言い切れるのか」

依幸だった。河野家の者たちが、それに加勢する様子を見せる。上坂は言った。

「言い切っていいでしょう。それより、さっき電気が消えている間に広間を出た人。中谷さんと長田さん、板長さんの他に誰かいますか」

はっと全員が顔を見合わせた。名指しされた三人が、ぎくっとして顔を強張らせる。

「まさか、私たち三人の誰かやと言うんか」

中谷が怒って、と言うより困惑して声を上げた。僕でもない、と長田も急いで言う。

上坂は、まあまあと宥《なだ》めた。

「そこまで言ってません。何か気付いたことがないか、伺おうと思っただけで」

そう言ってやると、中谷も長田も黙った。そこでもう一度尋ねたが、大広間を出たと他に名乗り出る者はいなかった。

「おいあんた、こっちへ来い」

後ろから多田が襟首を摑んで引っ張った。上坂は、為されるがままにロビーの方へと移動した。

大広間から見えない窓側に寄り、多田は上坂と向き合った。

「あんた、警察やろ」

質問でなく、断定だった。さっきの自分の動きで、早晩見抜かれると思っていた上坂は、特に動じなかった。

「現役じゃない。元警察官だ。今はしがない調査員だ」

「やっぱりな。最初から、どうもあんたはそれらしい匂いがしとった」

「匂いって何だよ。警察に縁でもあったのか」

「大阪におったとき、ちょっとな。刑事かもしれんとは思ったが、さっき死体を見たとき全然うろたえんかったからな。当たりやとすぐわかった」

「だから、元警察官だって」

「元でも何でもええ。あんたに頼みがある。このまま警察が突入してきたら、あの女を殺したんも俺の仕業にされかねん」

警察はそれほど単純じゃない、と返そうとしたが、先に多田の方が言った。

「あんたが犯人を見つけろ」

「俺が？」

上坂は呆れて多田の顔を見つめた。多田は真剣なようだ。

「そうや。俺は人質を監視しながら犯人捜しはできんし、まだやることがある。あんたは一人で逃げたりはせんやろ。好きに動いて構わん。ここに立てこもってる間に、犯人を見つけ出せ」

多田の「まだやること」が何なのか知りたかったが、今は頼みを拒否できそうになかった。それに、人質の中に殺人犯がいる状況は、確かに放置しておけない。動機も不明な以上、連続殺人になる可能性だってあるのだ。

「わかった。何とかしてみる」

よし、と多田が満足の薄い笑みを浮かべた。戻ろう、と言うのでおとなしくついて行く。

大広間に戻った多田は、落ち着きをなくしている全員に向かって、いきなり宣言した。

「殺人犯を見つけ出す。この上坂ちゅう男は、元刑事や。こいつが捜査する。みんな、おとなしく協力せい」

皆が一斉に上坂に視線を注いだ。これは居心地が悪い。黙って捜査させてくれりゃいいのに、と文句を言いたくなったが、お墨付きがあった方が動きやすいかもしれない、と思い直し、「そういうわけですので、よろしくご協力のほどを」と頭を下げた。一同からは、承諾と不満と胡散臭《うさんくさ》さが入り混じったような呟きが返ってきた。

「おい、これから電気は消すな。人殺しがいるんだ」

依志輔が大声で言った。いかにも命令し慣れている口調だ。河野家の人々は、その通りだと口々に呟いた。だが多田は、鼻で嗤った。

「断る。殺人犯が怖いんなら、そこで固まって抱き合っとれ」

依志輔の顔が真っ赤になった。血圧に悪いぞ、と上坂は思う。

「それとも、お前らの身内に犯人がおって、また余計なことを仕出かさんようにという用心かな」

「貴様……」

依志輔の顔がさらに紅潮し、一歩踏み出しかけた。それを井口が必死で止めた。依志輔は今にも爆発しそうな様子でどうにか座り直し、捨て台詞のように吐き捨てた。

「そうまで偉そうに言うなら、さっさと犯人を見つけてみせろ」

やれやれ、と上坂は頭を振った。人質にされた状況下で殺人事件の捜査を行うなど、聞いたこともない。こんな状況、外では想像すらできないだろう。

二日目　〇一：四五

「状況、どうだ」

　無線に向かって、藤本が問うた。機動隊の指揮官が答える。

「今は何も。さっき悲鳴のようなものが聞こえた気がしたんですが、雨の音が激しくて」

「そうか。動きがないなら、それでいい。引き続き注意を怠らないように」

　わかりましたとの返事を受けて無線を切ると、沢登が寄ってきた。

「悲鳴のようなもの、とは気になりますが」

「うん。しかし確かめようがない。発砲音がないなら、あまり心配しなくていいだろう」

「誰か転んだだけかもしれませんしな」

　中川が、本気とも冗談ともつかないことを口にした。

「幾らかは、中にいる上坂元巡査部長が対処できるだろう」

「それを期待しておられますか」

　沢登は、あまり信用できないという風に言った。藤本は期待している、と言いかけてやめた。実際、自分は上坂に何を求めようとしているんだろう。本人と連絡できないのが、どうにももどかしかった。

第五章　前代未聞の捜査

二日目　〇一：四八

上坂は、新木から一〇一号室の鍵を借りた。そこを事情聴取の部屋に使うつもりだ。

「多田さん、やっぱり二時になったら発電機を止めるのか」

「ああ。それぐらい、辛抱せい」

その代わり、と言って多田は懐中電灯を一つ寄越した。

「灯りはそれで何とかしろ」

暗い中では、聴取する相手の表情や仕草が見えない。通常の捜査では、相手の反応を見極めるのが重要なのだが、かと言って相手の顔に懐中電灯を向けるのは、秘密警察や憲兵隊のようで威圧感がありすぎて良くない。しょうがないな、と上坂は時計を確かめる。二時まであと十二分。急がなくては。

「じゃあまず、長田さん。来て下さい」

呼ばれた長田は、気乗りしない様子で立ち上がり、多田に睨まれつつ上坂に従って一〇一号室に入った。渓谷側の客室はみな同じ造りで、ここも上坂の二〇二号室と全く一緒だ。上坂は懐中電灯を傍らに置き、座卓を挟んで長田と向き合った。

「さて長田さん、お住まいとお仕事から伺います」

本物の取り調べみたいですね、と長田が苦笑した。こっちは本物のつもりなのだが。

「大阪の茨木《いばらき》市です。仕事は機械類の販売営業でして」

あいにく名刺は部屋に置いてきました、と言って、長田は中堅機械メーカーの名前を上げた。高松の工場に機械の搬入立ち会いに来て、せっかくだから一日休みにして温泉でも、と思い、かずら館に電話したという。上坂と似たようなものだった。

「関西弁が出ませんね」

「ええ。もともと東京で、半年前に転勤してきたんです」

普通ならもっと雑談して、様々な細かい情報を得るところだが、今は時間がない。早速本題に入った。

「さっき電気が消えているときに広間を出ましたね。時刻はわかりますか」

「ええと、時計を確かめたわけじゃないんですが、一時十分頃かと」

「何しに出たんです」

「さっきも言いましたが、トイレです」

「ずいぶん長いですね。それにトイレなら、電気が点くのを待ってからの方がいいでしょう」

それが、と長田は気恥ずかしそうにちょっと俯《うつむ》いた。

「緊張で腹が下りまして。徐々におかしくなってたんですが、電気が消えたら緊張が一気に強くなって、下腹がぐぐっと。おっしゃる通り、電気が点くのを待とうとしたんですが、どうにも我慢できなくて。そうっと広間を出て、トイレへ行って五分くらい入ってました」

「トイレは真っ暗でしょうに、どうやって用を」

これがあります、と長田は煙草《たばこ》と百円ライターを出した。

「必要な時はこれを使って、後は手探りで大丈夫でした」

「ふむ。トイレを出た後はどうしてましたか」

五分で用を足したなら、電気が点いて大広間に駆け戻るまで、まだ十五分残っている。

「はい、ロビーのソファに座って、煙草を吸ってたんです。ガソリンの匂いがする広間じゃライターなんか使えませんし、ロビーならぼんやりだけど明るさがありますから」

そこで川の様子も見てました、と長田は言って、眉根を寄せた。

「川はかなり大変になってきてますよ。そこから見て下さい」

長田が窓を指したので、カーテンを少し開けて見てみた。暗くてわからないが、窓のサッシを通して聞こえる濁流の音は、確かに夕方にはこれほどではなかった。

「このままここにいて、大丈夫ですかねぇ」

土砂崩れや洪水の心配をしているのだ。そう言えば台風はどうなっているのだろう。まだ停滞中なら、雨はこの先も続くに違いない。外の警察も気を揉んでるかもしれないな、と上坂は思った。

「まあそれは、解放されるか雨が止むか、どっちかを願うしかないでしょう」

ですよね、と長田は嘆息した。

「トイレとロビーにいた間、何か気付いたことはありませんか。影が見えたとか、音が聞こえたとか」

「ああ、僕がトイレを出るちょっと前に、誰か入って来ました。あれは中谷さんでしょう」

それは後で中谷に確かめよう。

「現場は壁一枚隔ててトイレの隣です。物音は聞こえませんでしたか」

いやあ、と長田は頭を掻いた。

「あのトイレ、個室は布団部屋と反対側にあるんです。壁も板じゃなくタイル張りですし、何も聞こえませんでした」

長田の答えには、余計な緊張も淀《よど》みも感じられなかった。得るものなしか、と落胆したとき、電気が消えた。上坂は舌打ちし、懐中電灯を点けて長田を先導しつつ大広間に戻った。次の聴取は三十分後だ。それまでに懐中電灯で現場と館内を確かめておこう。

上坂は懐中電灯を照らして再び大広間から歩み出た。約束通り、多田は文句を言わない。まず現場の布団部屋に、もう一度行ってみた。死体はそのままにしてある。小説に出てくる絶海の孤島の宿のような場所なら別だが、数十メートル先に何十人もの警察官が待機している状況下では、現場保存が最優先だ。亡くなった西浦さんには申し訳ないが、しばらくここにいてもらうしかない。

遺留品がないかと探してみたが、目に入るものはなかった。鑑識班なら何か見つけるかもしれないが、今は上坂しかいないのでやむを得ない。諦めて外に出るとき、ドアを慎重にゆっくり閉めた。音はほとんどしなかった。これなら、出入りを気付かれずに済むだろう。

廊下の大広間と反対側の突き当たりは、旧館への渡り廊下の入口だ。被害者以外の全員が大広間に戻っている以上、犯人が旧館へ入ったとは考えられないが、一応扉を確かめる。間違いなく、施錠されていた。

上坂は廊下を戻りながら考える。午前一時過ぎに大広間にいたとき、上坂が感じた誰かが出て行く気配は、おそらく被害者のものだろう。だが長田と中谷が出たのには気付けなかったので、彼ら以外に犯人が廊下に出たとしても、やはりわからなかったはずだ。実際、短時間だがうとうとしたときもあった。多田のように近くにいた者が動けば気付いただろうが、その範囲にいたのは新木ぐらいだ。

犯人はおそらく西浦晴美の後で布団部屋に行き、彼女を殺した。ではなぜ、西浦は布団部屋などに行ったのか。布団を出したかったわけではあるまいから、そこで犯人とこっそり会うつもりだった、と考えるのが最も筋が通る。逢引《あいび》きだろうか。

いやいや、と上坂はかぶりを振った。散弾銃を持った男に人質にされている中で逢引きなど考えるのは、まともな神経ではない。この状況下でも密《ひそ》かに二人だけで会う必要があった、とすれば、どんな用事だろう。命か、それに近いほどの何かに関わるようなことか。

上坂の頭に、脅迫の二文字が浮かんだ。

ロビーで足を止め、ソファの脇にある灰皿を調べた。数本の吸い殻がある。長田がさっきここで煙草を吸ったのが本当だとしても、どれが該当する吸い殻なのかは確認できなかった。床から天井に達する大窓のカーテンは半開きだ。ここから見下ろしても川はやはり真っ暗だが、対岸に灯りが見える。人家かと思ったが、警察の部隊だろうと思い直した。この距離なら狙撃班を配置しているかもしれない。

上坂は窓に背を向け、事務室の方へ行った。扉は施錠されていないので、中に入る。入ると左手にフロントへの出入口があり、こちらは扉がなく暖簾《のれん》だけだ。右手の壁には厨房に通じる扉があり、開けっ放しになっていた。

上坂はデスクに宿帳を見つけ、懐中電灯で照らしながら今日の頁《ページ》を見た。知りたかったのは、西浦晴美の素性だ。上坂自身は彼女と一度も言葉を交わさなかった。殺害動機は、さっき直感的に脅迫という考えが出てきたものの、根拠もなしに乱暴すぎると思い直したのだ。被害者が何者かわからないままでは、推論も立てようがない。

西浦晴美の宿泊者カードは中谷の次、二番目に綴《と》じられていた。住所は大阪市西淀川《にしよどがわ》区になっている。年齢は二十九歳で見立て通りだが、正直に書いているとは限らない。職業は空欄だった。上坂は水商売だろうとの印象を持っていたが、職業欄にそう書く人間はまずいないだろう。

これだけでは何もわからん、と思ったが、一応他の客のカードも調べた。中谷夫妻は俊哉、五十八歳と、治子、五十六歳。大阪府箕面《みのお》市で、職業はこちらも空欄。定年退職後の悠々自適、というやつか。西浦の次は長田恭一、三十一歳。さっき聴取した通り、茨木市に住む会社員となっている。不審と思える点は、特になかった。

さて困った。宿帳を閉じた上坂は、懐中電灯をデスクに置いて腕組みした。本来なら被害者の背景を調べ、動機のありそうな者を割り出していくのだが、ここにいてはそれができない。現場の状況だけで犯人を推測するしかないが、目撃者も遺留品もなしでは、どう手を付けていいかわからなかった。唯一の好条件は、犯人はここにいる人質の誰かに間違いなく、逃走することもできない、ということだ。

そもそも西浦晴美は、この宿へ何をしに来たのだろう。若い女が一人旅をするなら、他に魅力ある観光地がたくさん存在する。祖谷渓などはかなりマイナーだ。ただの観光ではない、何らかの目的があり、それが殺しに繋がったと考えるべきだろう。上坂の頭に、脅迫という言葉がまた浮かび上がった。

もし脅迫なら、相手は何者か。最もわかりやすい答えは、河野家の誰かだ。河野家がここで今日宴席を設けているのを知って、訪ねてきたとすれば納得がいく。河野家はこの地方ではかなりの名家らしいから、脅迫の相手としては充分だろう。ただし、脅迫のネタは不明だ。

脅迫した相手に殺されたとすると、計画的犯行だろうか、と自問してみる。口を塞ぐつもりでここへ誘い出した、と考えれば、どうだ。

いや、それはない、と上坂は自分で否定した。多田の行動まで予期していたはずはないから、閉じ込められたおかげで犯行リスクは跳ね上がっている。この場は諦めて、他の機会を設けるだろう。とすると、衝動的に殺してしまったか……。

待て待て、と上坂は自分の頭を叩いた。先入観から勝手にストーリーを作り上げてしまうのは、刑事として最も戒めるべき行為だ。ベテラン刑事でも往々にしてそういうことをやってしまい、冤罪《えんざい》を生みかけたことを上坂も一度ならず目にしていた。とにかく今は、何を考えるにしても根拠となるものがあまりに少ない。

頭を切り替えて手段の方から考えてみるか、と上坂は軽く深呼吸をした。懐中電灯を取り上げ、壁に向ける。そこには、館内平面図が貼ってあった。上坂はその前に近付いた。

現場の布団部屋は、館内図では扉の上のプレートに書いてあった通り、リネン室とされている。被害者の西浦は、自分でそこに行った。上坂がその気配を感じたのは、一時に電気が消えてから数分後だ。仮に、一時五分とする。犯人はその後を追ったのか。少なくとも、同時であれば上坂が気付いたはずだ。最低、一分程度は開いていただろう。犯人は、西浦より先に行って待っていた可能性はあるか。あり得る、と上坂は思った。多田を含めた全員が暗闇に慣れないうちに動けば、見つかり難かっただろう。だが同時に、犯人自身も目が慣れず動き難いはず。これは何とも言えなかった。

どちらにせよ、遅くとも長田がトイレに行った一時十分頃までには、犯人と西浦は布団部屋で一緒になっていただろう。いきなり殺害したのか。いや、一応は話し合い、決裂したので殺したという方が自然だ。とすると、一時十五分くらいが犯行時刻となる。

いや待てよ、と上坂は長田の証言を思い起こしてみる。彼は一時十五分から電気が点く一時半まで、ロビーにいた。ロビーから玄関にかけては、外の投光器のおかげで僅かに明るさがある。布団部屋から大広間に戻るにはそこを突っ切らなくてはならないから、長田が気付いたはずだ。

では、犯人は一時十五分より前に布団部屋から戻ったのか。だが、一時十三分か十四分頃、中谷がトイレに行ったはずで、戻る犯人と廊下で鉢合わせる格好になる。いくら暗くても、気付かれるだろう。

ふむ、と上坂は眉間に皺を寄せた。つまり犯人は、長田にも中谷にも接触しない時間に布団部屋を出て大広間に戻った、ということだ。計算してみると、かなり厳しいができなくはない。だが、犯人は長田と中谷の動きを計算できなかったはずなのに、あまりにも都合が良すぎないだろうか。

そこで、ぱたぱたと急ぎ足で誰か通り過ぎる音がした。腕時計を見ると、もう二時半になろうとしている。今のは、発電機を動かしに行った新木だったようだ。思ったより長く考え込んでしまったな、と上坂は思い、事務室を出た。次は中谷の話を聞いてみよう。

二日目　〇二：三〇

「また電気が点いたようです」

無線の報告を受けて、沢登が言った。時計を見ると、ちょうど二時半だ。

「やはり三十分ごとに発電機を動かしてますな」

中川が言うのに、藤本も頷く。燃料を節約して、朝までもたせようとの考えだろう。

「むこうも頭を使っとるようやな。点けたり消したりが規則正しいのは有難いが」

突入するにしても何にしても、照明が灯っている時間が予測できるのは好都合だった。

藤本は、少し離れたテーブルを囲んでいる機動隊の幹部に目を向けた。テーブルには、ようやく届いたかずら館の建築図面が広げられている。ざっと検討したところでは、やはりまず地階の浴場側の扉を壊して突入、多田がそちらに気を取られたところで、一階の大広間に近い東側の通用口を突破してもう一隊が突入、一気に制圧というのが最善と思われた。ただし準備が必要なので、すぐにも、というわけではない。それに、ガソリン缶が気がかりだった。武器が銃だけならこの突入法で問題ないが、起爆スイッチを押されて一気に火災になれば、対処できなくなる恐れがあった。突入班には消火器も持たせるが、それで間に合うかどうかは疑問だ。

藤本は目をすぐ前の電話機に向けた。次の要求は、まだ来ない。十一時のニュースで流すだけで満足した、とは思えなかった。多田はどんな手を考えているのだろうか。

「中川さん」

声をかけると、中川はすぐ藤本の前に立った。

「何でしょうか」

「ここへ来る途中でもちょっと聞いたが、河野家というのはどういう連中なんや。あんたが知ってる限り、教えてくれ」

「ああ、そのことですか」

中川は承知し、すぐ話し始めた。

「明治以前からの地主で、って話はしましたよね」

「うん。造り酒屋と製材所か何かやってると言うたよな」

「ええ。農地改革で田畑はだいぶ減らしましたが、もともとこの辺は、あんまり広い農地はなかったですしね。造り酒屋は規模は小さいですが町の中に。製材所は池田の町外れにあって、こっちは盛業です。本家と昔からの家業は今も依志輔さんが見てますね」

「喜寿の爺さん、まだまだ現役ってわけか」

「ええ。血圧が高いくらいで、あの齢にしては元気だそうで」

血圧に問題があるなら、年齢を考えると長時間の監禁は堪《こた》えるかもしれないな、と藤本は眉をひそめる。

「長男が戦死したんで次男の依志延さんが跡継ぎですわ」

「坂東とツルんでる男やな」

依志延については藤本も多少は知っているし、本部から詳細な報告がファックスで届いていた。不動産業と建築業の売り上げは年間数億円で、まずまずの経営状況らしい。坂東と組んで土地漁《あさ》りをやりだしたのは、ここ二、三年だが、それ以前から深い仲だったようだ。次の総選挙に坂東が出馬する後押しをしていて、選挙資金の面倒を依志延が見ていることも、既にわかっている。

「三男の依幸は中古車販売業ですが、もともと車道楽から始めたようなもんで、経営の才はあんまりなさそうです。河野家のバックがなけりゃ、とうに潰れてるんじゃないですかね」

中川の言い方には、小馬鹿にしたような響きがあった。

「依志輔さんの弟の依志武さんは役場勤めだった実直な男で、兄貴と違って毒にも薬にもならんという評判です」

「二代にわたって兄貴がやり手で、弟が駄目というわけか」

まあ、そういうことですと中川が頷く。

「それで、それぞれの人となりと言うか、評判はどんな具合なんや。何か聞いてるか」

「人となり、ですか。何と言いますかねえ」

中川は少し考えながら言う。

「災害なんかのときには、必ず寄付やら炊き出しやら、してくれてます。明治の末頃には、小学校の校舎を丸ごと建ててやった、なんてこともあったそうで。県や当時の軍からも感謝状とか、幾つも貰《もら》ってると聞いてます」

「ほう。立派なもんやないか」

素直に感心すると、中川は苦笑のようなものを浮かべた。

「そいつはあくまで表の顔で。裏ではいろいろ芳しくない話もあるんですよ」

藤本は、薄笑いを浮かべた。実のところ、聞きたかったのはそれだ。

「違法なことに手を染めたりしてるのか」

「そうまでは言いませんが」

中川はちょっと口元を歪めた。

「依志輔って人は、自分に楯突《たてつ》く奴には容赦しないって話が。小作料が高いと漏らした者の家を村八分にするとか、森林の境界線争いの相手を闇討ちしたとか、その他もろもろ。周りが逆らえないように支配してたってとこですかね。いずれも戦前の話で、戦後はそんなあからさまなことはやってませんが」

それでも影響力は充分残っているらしい。歴代の池田署長も承知していたと思うが、地元との関係をこじれさせたくないので、さほど追及はしていないはずだ、と中川は声をひそめて言った。

「それとですね、代々女癖が良くない、というのも聞いたことがあります」

「ふうん。ありそうな話やな」

それも表沙汰にはなっとらんのだろうな、と藤本が言うと、中川はいかにもと渋面を作った。

「昔聞いた噂ですが、奉公人の女を手籠《てご》めにしようとして死なせてしまった、なんてことも」

「おいおい、そりゃ本当か」

藤本は目を剝いた。婦女暴行致死となれば、重罪だ。だが中川は、肩を竦めた。

「あくまで噂ですよ。もし事実だったとしても、もみ消したかもしれませんが」

藤本は唸った。現在ほど人権が重んじられない時代なら、地方の閉鎖的な村ではそういうことが時々あったのかもしれない。

「それは依志輔さんの話か」

「ええ。戦時中のことらしいですが、無論はっきりとは」

戦時中か。戦後三十一年経ったが、歴史の奥に消えるほど昔ではない。

「なあ。その件、多田に絡んでるってことはないかな」

藤本が言うと、中川は眉を動かした。

「年齢的には、あり得るかもしれませんな」

「島倉さん！」

大声で呼ぶと、かずら館の図面を見ていた島倉署長は、ぎょっとしたように顔を上げて、すぐに歩み寄った。

「何かありましたか」

「いえ、中川警部に河野家の話を聞いてたんですがね」

藤本は今聞いた話を島倉に伝えた。島倉は目に驚きを浮かべる。

「かなり曰《いわ》く付きの一族というわけですか」

赴任して半年の島倉は、そこまで深くは把握していなかったようだ。

「多田の実家周辺で、何か聞き込んではいませんか」

「いや、それはちょっと」

島倉は済まなそうな顔をした。先ほど島倉からは、実家を調べた結果、空っぽの猟銃保管用ロッカーがあったこと、つい最近開けられた形跡があることがわかり、多田が兄の管理していた父の遺品の猟銃と弾丸を持ち出したと思われることが、既に報告されていた。併せて聞き込みも行っているはずだが、深夜ということもあってはかばかしくないようだ。

島倉は、その弾丸から火薬を取り出して起爆装置を作ったのではないかと、推測を述べていた。藤本もあり得るとは思ったが、先走りは禁物だ。前のめりの島倉をやんわり押さえて、それは後で検証しましょうと言ってあった。島倉は幾らか残念そうにしていたが、ここでまた出番が回ったと勢い込んだ様子だ。

「まずその戦時中の一件、古い記録を確認させます」

刑事課はこの事件で、警ら課は災害の備えで手一杯のため、島倉は警務課長に電話してやるべきことを伝えた。小所帯の署は総出で駆け回っているようだ。そう言えばこの雨も、洒落《しゃれ》にならなくなってきたな、と藤本は眉間に皺を寄せた。

二日目　〇二:三五

一〇一号室で上坂は、中谷と向き合った。電機メーカーの社員だったというが、こうして正面から見ると、上司との面談のような気がしてしまった。人に指示するのに慣れているような雰囲気があるので、長く管理職を務めていたのだろう。だが今は、経歴を聞くような時間はない。照明が灯っている三十分の間に、中谷と山西の聴取を済ませねばならないのだ。

上坂は、犯行時刻と考えられる一時から一時半までの間に絞って話をすることにした。

「中谷さん、一時に灯りが消えてから再び点くまでの間にトイレに行きましたね。その時間は覚えていますか」

「そうですな。時計を見たわけではないが、一時を十分は過ぎていたと思います」

「長田さんが先に広間を出たのには、気付きましたか」

「ええ、気付きました。すぐ傍にいましたんでね。真っ暗になった後、ちょっと身動きしてたようですが、あれはトイレを我慢してたのかもしれません。だから立つ気配を感じたとき、トイレに行ったと思ったんです」

「で、その後を追った？」

「少し前から自分も行きたくなっていました。一度行ったのに、どうも緊張で腹が緩くなってしまって。一人行ったなら、自分も行っていいだろうと」

「電気が点くのを待とうとは思わなかったんですか」

そこで中谷は、ちょっと困ったように俯き加減になった。

「実はその……先に長田さんが真っ暗な中でわざわざトイレに行ったのは、何か考えがあってのことかと勘繰ってしまいまして」

「つまり、何をするのか確かめるため、尾けたような感じですか」

「そうなんです。後から思えば、余計なことでしたね」

確かに余計だが、そのために長田の証言が裏付けされるなら、無駄とも言えない。

「トイレに入ると、長田さんはいましたか」

「もちろん暗くて姿まで確認できませんが、誰か個室に入っているのはわかりました。戸が閉まってましたから。それで私も、隣の空いている個室に入ったんです」

ふむ、ここまでは長田の述べたことと合致している。

「トイレに行くまでに、誰かとすれ違ったりしませんでしたか」

中谷はかぶりを振った。

「いえ、すれ違っていたらいくら暗くても気付きます。まして玄関周りは少しだけ明るかったわけですから」

やはりな、と上坂は内心で嘆息する。犯人が布団部屋に出入りできた時間は、ごく短いのだ。

「何か不審なものに気が付きませんでしたか」

漠然とした聞き方だが、具体的に絞れないのでやむを得ない。だが中谷は、不審という言葉に反応した。

「不審と言いますか……トイレの隣が布団部屋なんですよね」

「ええ、そうです」

「その前あたりに、誰か立っていたような気がするんです。あくまでそう感じただけで、根拠はないんですが」

「誰か立っていた？」

上坂は眉を上げた。

「その誰かは、動かなかったんですか」

「さあ、それは。動いてはいないと思うんですが」

「思い出して下さい。それは重要ですよ」

中谷は顔に当惑を浮かべ、しばし腕組みして俯いた。懸命に記憶を探っているようだ。

頼むよ、と上坂はつい大きな息を吐く。

中谷はゆっくり顔を上げ、かぶりを振った。

「いえ、やはり動いていません。ですから、気のせいだったかもしれないんです」

申し訳なさそうに中谷は言ったが、上坂はそう簡単にこの話を捨てられなかった。

「それはちょうど犯行時刻頃です。あなたが感じた気配は、犯人のものだったと考えられます」

その言葉に、中谷は身震いした。

「犯人と鉢合わせるところだったんですか」

「ええ。でも、犯人にはあなたの影が見えていたはずです。あなたは玄関周りの仄《ほの》明るさを背景にしていたんですから」

中谷は目を見開く。

「ああ、なるほど。確かにそうですね。すると犯人は、私の影を見て、気付かれないよう動きを止めたわけか」

さすがに大企業のＯＢだ。呑み込みは早い。

「犯人は、入るところだったんでしょうか。出てきたところだったんでしょうか」

「どちらもあり得ますが、ドアが開いたりしたら、あなたは空気の動きを感じたんじゃありませんか」

中谷は再び考え込む。そして、おっしゃる通りでしょうねと答えた。

「では、入ろうとこれからドアを開けようとしたところだったと」

「おそらくは」

「私が近付くより前にドアを開けて出て来ていた、とは考えられませんか」

いいえ、と上坂は否定する。

「出て来たなら、すぐその場を去っています。あなたが接近するまでぼうっと突っ立っているはずがない」

「ふむ、もっともですな」

中谷も納得したようだ。犯人は中谷がトイレに入るのを待って、布団部屋のドアを開けたのだろう。これで犯人が現場に入ったのは、一時十三分頃と確定できる。

だが、却ってややこしくなったかもしれない。一時十五分には長田がロビーに移動していた。犯人が長田に気付かれずに大広間に戻るには、犯行を含めて二分足らずしかない。物理的には可能だろうが、それだと布団部屋に入った犯人は、いきなり犯行に及んだことになる。だとすれば計画殺人で、さっき考えた通り、この場の状況にふさわしくない。話し合いか何かが決裂して衝動的に殺した、という上坂の読みに従えば、布団部屋に入って数分以上はかかったはずだ。ならば犯人は、どうやって大広間に戻ったのだろう。

いや、それを考えるのは後だ。時計を見ると、もう十五分が過ぎていた。上坂は中谷に礼を言い、大広間に送り返そうとした。が、そこで中谷はもうひと言、付け加えた。

「あの、犯行時刻とは関係ないんですが」

え、と訝《いぶか》しむ上坂に、中谷が続けた。

「今日の……いや、もう昨日か。昼過ぎ、阿波池田の駅に寄ったんですよ。一時過ぎ頃だったかな。駅の売店で飲み物でも買おうと思ってね。そのとき、亡くなった西浦さんらしい人を見てるんです」

ほう、と上坂は興味を覚えた。かずら館に来るまでの西浦については何もわかっていないので、そういう証言は一つでも大事だ。

「どんな様子でしたか」

「どんなと言うか、変なところは特になかったですが……」

中谷は慎重に言った。

「似たような年格好の男と話してたんです。あれはたぶん、長田さんだったと思います」

家内にも確かめてみる、と言う中谷に、取り敢えず大広間でこの話はしないでくれ、と念を押した。長田はもちろん、誰かの耳に入るのは避けなければならない。中谷は承知して、大広間に戻った。

次に上坂は、板長の山西を一〇一号室に呼び出した。

「山西さん。一時以降、あなたが厨房にいた時間はわかりますか」

「え、はあ。正確には、ちょっと。一時を十分以上、過ぎてたんやないかと」

長田と、続けて中谷が大広間を出たのと同じ頃だ。一応、その二人が大広間を出るのに気付いたかと問うたが、山西は首を傾げた。

「気付きませんでしたよ。ちょっと離れたところにいましたから」

山西は助手の正岡と一緒に、河野家とも泊り客とも距離を置いて座っていたはずだ。正岡は当然山西が動いたのを知っていたろうから、後で確認はできる。

「朝の仕込みの材料の確認と、冷蔵庫が心配だった、と言っておられましたね」

「ええ、そうです」

山西は何故か、落ち着かない様子で身じろぎした。

「しかし、三十分やそこら冷蔵庫の電源が切れても、さして問題ないのでは」

「いや、氷が溶けるかもしれませんし……」

「冷蔵庫の冷凍室って、そんなにデリケートですか」

「それはまあ、念のためです。お客さんに出すものだから」

「それはわかりますが、電気が点いてから多田さんに断って行けばいいでしょう。投光器でぼんやり明るさがあるとはいえ、そんな中で急いで点検する必要がありますか」

畳みかけると、山西は肩を揺すって目を逸らした。上坂は顔に出さずに嗤った。わかりやすい男だ。時間もないし、ここは少し攻めよう。

「山西さん、殺人事件なんですよ。隠し事は要らぬ疑いを招きますよ」

「い、いや、俺は事件に関係なんかないですよ」

山西は顔色を変え、身を乗り出しかけた。それを手振りで抑え、上坂はひと言ぶつけた。

「山西さん、あなた厨房でこっそり飲んでたでしょう」

えっ、と山西が乗り出した体を引く。

「しかも、客用の高級酒でしょ。一升瓶が搬入口の脇に出てましたよ。流しに一つだけ出ていた湯呑みで、一人で飲《や》ってましたね」

山西は顔を強張らせたが、すぐに大きく溜息をついて、開き直ったような笑みを浮かべた。

「ばれましたか」

「さっきあなたが多田さんに言い訳したときの正岡さんの顔つきを見れば、何か隠し事があるな、というのはわかります。西浦さんを探して厨房を覗いてみたとき、一升瓶の先っぽと流しの湯呑みが見えましたしね。大方そうだろうと思って」

山西は、まいりましたよ、と頭を掻いた。

「何せ相手は散弾銃を持ってるんです。こんな緊張が続いたら、とても落ち着けやしない。飲まんと、やってられません」

「今回が初めてじゃないでしょう。仕事中に、ちょくちょく飲んでたんでは？」

言われて山西は、仕方なさそうに頷いた。

「ええ、まあ。正岡には、黙っとけと言うたんですがね」

この様子なら、食材の納入業者から勝手にマージンを取るぐらい、習慣的にやっているだろう。この業界では普通にある話だと聞いている。

「盗み酒は感心しませんが」

上坂は難しい顔を向けてやる。山西は、目を合わせないまま言った。

「警察沙汰にしたりしますか」

「厳密に言えば犯罪ですが、旅館内部のことです。今はそれをどうこうするつもりはありません」

そんな場合ではないのだ。山西は、やっぱりという風に薄く笑った。だが上坂は、新木には告げるつもりだった。これを問題にするかどうかは、新木の決めることだ。

「さて山西さん。あなた、厨房にいる間に何か、見たり聞いたりしていませんか」

これまた漠然とした質問だが、現場の布団部屋からだいぶ離れているので、具体的に聞くべき話はないだろうと思った。

「うーん、飲んでましたし、雨の音が強くてねえ」

山西は、さして考える風でもなく答えた。上坂も期待していなかったので、そうですかとあっさり返した。だが、言ってから山西は、少し躊躇った上で付け加えた。

「確かかと言われたら自信ないですが、あの配膳エレベーターのところから何か聞こえたような気がするんです」

配膳エレベーター？　上坂は思わず厨房の方向を見た。

「音を聞いたんですか」

「だからその、微かに聞こえた気がしただけです。普段ならもっとはっきりわかったでしょうが、この雨ですよ」

山西は窓を指した。そちらからは衰える気配のない雨音が、激しさを増す祖谷川の流れの音と共に絶え間なく響いていた。

第六章　降り止まぬ雨

二日目　〇二：五〇

「台風、長崎に上陸したらしいですよ」

ラジオを聞いていた沢登が言った。

「こっちへ来るんか」

中川が顔を顰めて聞いた。これ以上、状況が悪化するのは誰しも願い下げだ。

「直撃はないでしょう。もっと北の方ですよ」

沢登の答えを聞いて中川は「そうか」と緊張を緩めた。

「おい、直撃はないと言うても、これだけ降ってるんや。油断できんぞ」

藤本が釘を刺すと、沢登は無意識にだろうが、天井を向いた。気持ちはわかる。この旅館の裏側は崖で、前の道路の向こう側も川に向かって落ち込んでいるのだ。土砂崩れでもあったら、ひとたまりもない。そしてそれは、かずら館も同様だった。この松田旅館の主人は、ここは岩盤だし、崖が崩れたことは今までにない、と言っていたが、これほどの雨も記憶にない、とも言った。

「多田も雨の危険はわかってるんでしょうかね」

沢登が恨めしそうに言う。あいつだって馬鹿じゃなかろう、と藤本は応じた。

「しかし、雨を怖がって投降するとは、さすがに期待せん方がええな」

さていつまで頑張るつもりか、と中川が誰にともなく呟いた。

二日目　〇三：〇五

三時にまた、電気が消えた。上坂も今度はその直前に、大広間に戻っていた。さすがに疲れたか、河野家のグループの方から鼾《いびき》が聞こえた。中谷夫人も、舟を漕《こ》いでいるようだ。他は戻ったばかりの山西はもちろん、新木も中谷も長田も、眠気を催している様子はなかった。もちろん多田も、しっかりと目を開けている。

真っ暗の中、上坂は長田の方に近寄って袖を引いた。長田がびくっと反応したところで、囁く。

「ちょっと一緒にロビーへお願いします」

動揺したかどうかは、見えない。長田は何も言わず、廊下の方へ動いた。多田は気付いたかもしれないが、止めはしなかった。

ロビーに出ると、長田のうすぼんやりした輪郭はわかった。表情が見えないのは不都合だが、次に灯りが点くまで待ってもいられない。

「一時十五分にあなたがやった通り、座って下さい」

はあ、と生返事が聞こえ、ライターの火が点《とも》った。長田の当惑気味の顔が見えた。長田はライターをかざし、廊下との境を為す植木鉢と新聞ラックを回り込んでソファに進み、灰皿の前に腰を下ろした。ついでという感じで煙草を出し、一本咥《くわ》えて火を点ける。セブンスターだった。

「ここに座って一時半までの間に、何本吸いましたか」

「ええと、二本ですが」

上坂はさっき確認した灰皿の中身を思い出した。セブンスターの吸い殻は、二本あった。今の言葉と食い違いはない。だが、今聞きたいのはそれではなかった。

「阿波池田駅に着いたときも、駅前に出て吸いましたか」

「え？　はあ、一本は吸ったと思いますが、それが何か」

「そのとき、あなたは一人でしたか。誰かと話しませんでしたか」

長田が唾を呑み込む気配があった。数秒経ってから、言葉が出た。

「話しました。西浦さんと。誰か、見てたんですか」

　それには答えず、「どんな話をしましたか」と聞いた。

「いや、どんなと言うか……向こうも一人だったので、話しかけてみただけです。年も同じくらいに見えたし」

「何と言って話しかけたんです」

　畳みかけて問うと、長田は少し不快になったらしく、声に棘《とげ》が混じった。

「下心があったんだとでも、おっしゃりたいんですか」

「いや、そうは言ってません。西浦さんについての情報が乏しいもので、何か少しでも参考になることがあれば、とお聞きしただけです」

　長田の口調が、和らいだ。

「バス乗り場にいたんで、かずら橋ですかと聞いたんです。はい、と答えたんで、こんな天気で残念ですねと言ったんですが、向こうは仕方ないですね、とだけ。何か、観光にはあまり興味がないように思えました」

　やはり、かずら橋を見物することは目的に入っていなかったのだ。

「あと二言三言、話したんですが。返事は最低限という感じで、会話したくないようでした。それで諦めたんです。それ以降、一度も喋ってません」

「あなたから声をかけたのは、何と言いますか、美人だったから？」

長田の影が身じろぎした。苦笑したのかもしれない。

「まあ、否定はしませんよ。ただ、高松駅でもあの人を見かけていたもので。それで、ああ、同じ行き先だったんだと思って、せっかくだからお近付きに、という感じです」

高松駅で見た？　それは貴重、と一瞬思ったが、四国の各地へ行く列車は全部、高松始発だ。大阪市内在住の西浦が高松駅を通るのは、当然だった。

「どんな様子でしたか」

「いや、ゆっくり見たわけじゃ。僕の乗った急行に宇高《うこう》連絡船から乗り継いでくる客の中にいたんですよ。若い女性が少なかったので、ちょっと目立って、何となく覚えてたんです」

連絡船からの客か。すると、西浦は大阪から真っ直ぐかずら館を目指した可能性が高い。岡山か倉敷に寄った後、という可能性もあるが、観光に興味がないようだと長田が感じたなら、直行だったと見るべきだろう。上坂の頭では、脅迫という言葉の現実味が、次第に増してきていた。

「西浦さんについて、正直なところ、どんな印象を受けましたか」

直截《ちょくせつ》に聞くと、長田は少し間を置いてから言った。

「何となくですが、気が強そうに見えました。たぶん、目の光からでしょう。それと、化粧が濃い目で客あしらいに慣れているような。水商売じゃないかな、と思いましたね」

長田の語ったことは、バス車内とこの旅館での短い間に上坂が西浦に対して抱いたものと、ほぼ同じだった。

上坂は長田を大広間に帰すと、また事務室に入った。壁の平面図に近寄り、懐中電灯を当てて詳しく見てみる。

やはり、ロビーに人が陣取っている場合、布団部屋から大広間まで一直線に廊下を突っ切るのは困難だった。さっき長田が座ったソファは、廊下に対して直角に配されている。そこに座れば、植木が邪魔で玄関は見難《みにく》いものの、中央の階段と手前の廊下が視野に入る。布団部屋とトイレの前は暗くて見えないが、すぐ横の廊下を通り過ぎる影を見過ごすとは思えない。

かと言って、僅か一分半やそこらで犯行を行ったうえ、大広間まで気付かれずにこっそり戻った、というのはあまりにも強引だった。もしや、ロビーの長田に気付かれずに大広間へ行けるルートがあるのではないか。

上坂はじっと平面図を睨んだ。廊下を通らないとすると、部屋伝いはどうだ。布団部屋を出て玄関に入り、壁沿いに三和土《たたき》まで回り込んでフロントに入る。そうすれば、長田の目は回避できそうだ。フロントはこの事務室に繋がっている。さらに厨房にも抜けられる。事務室と厨房を経由して、大広間の方に出ることは可能だ。厨房には山西がいたが、一番奥の搬入口の傍で酒を飲んでいたのだから、気付きはしまい。

だが、と上坂は考える。その行き方だと、大広間の手前側に座っている多田と上坂、新木、富永、正岡、中谷夫人に全く気付かれずに大広間に入るのは難しい。一番廊下側にいた中谷と長田は気付かれずに出ることができたが、出るより入る方が気取られやすい。廊下からの段差を上がるとき、下りる場合よりもどうしても力がかかるからだ。中谷夫人と正岡なら可能かもしれないが、どうもこの二人が犯人とは考え難い。

ふうむ、と上坂は溜息をついた。絶対に不可能、とは確かに言えない。だが、もっと安全確実に出入りできる道はないものか。

首を捻ったとき、建物の東側の隅に階段が描かれているのに気付いた。大広間のさらに奥だ。はて、こんなところに階段があったろうか。

上坂は事務室を出て、懐中電灯を照らしたまま大広間の中に向けた。

「何や、眩しいぞ」

多田が文句を言った。それを、ちょっと待ってと抑え、新木に声をかけた。

「済みません、こちらへお願いします」

新木は懐中電灯の光を手で遮りつつ、立って上坂に従い、事務室に入った。背後に多田の強い視線を感じる。

「これについて、教えて下さい」

事務室に戻った上坂は、平面図の謎の階段を示して新木に言った。新木は怪訝な顔で覗き込み、ああ、と頷いた。

「従業員用の階段です。客用階段を使わずに一階から二階へ行けるようになってます」

そう言えば、二〇一号室の向こうにもう一つ扉があったような気がする。あれがこの階段への二階の出入口なのだろう。

「でも、ちょっと設計ミスでしてね」

新木はそんな風に言って笑みを見せた。

「何か間違いがあったんですか」

「ええ。一階は大広間の舞台の脇に扉があって、そこからこの階段に入るんですが、やはり大広間を通らないと使えないというのはどうしても不便で」

「どうして廊下側から入れるようにしなかったんです」

「二階は廊下から出入りします。ですがこの階段、スペースの関係で狭くて、踊り場を作って折り返すようにできなかったんです。狭くて急な一直線の階段になってしまいまして。だから半分物置みたいに使ってます」

なるほど、使い勝手は悪そうだ。だが、これは重要だった。この階段を使えば、舞台の傍にいる河野家の誰かなら、多田や上坂たちに気付かれずに出入りができるだろう。

そして二階へ上がれば、無人の廊下を通って客用階段でロビーに下り、布団部屋に行ける。中谷が、トイレに入る直前まで犯人らしい姿に気付かなかったのは、犯人がこのルートを使ったからだ。そして、帰りも……。

いいや、ダメだ。上坂はかぶりを振る。帰りも二階へ迂回《うかい》するには、客用階段を上がらねばならない。つまり、ソファに座る長田のすぐ前を通ることになるのだ。

「あの、もうよろしいでしょうか」

考え込んでいると、新木に聞かれた。

「済みませんでした。もうわかりましたんで」

新木は、何だかよくわからないといった表情を浮かべたが、そうですかと言って事務室を出た。その後に続きながら、いい考えだと思ったのにな、と上坂は自嘲した。

事務室を出るところで、ふと厨房の方を向いた。さっき山西は、配膳エレベーターの前で音がした気がするとか言っていた。人を乗せるような大きさのエレベーターではないが、入り込めないことはないのでは。停電中は動かないにしても、中に隠れて電気が通るのを待つことはできるかも。あれで二階の配膳室に行って、従業員階段を下りれば……。

これは考えてみる必要があるな。上坂は顎をひと撫でして、大広間に戻った。

さして考える暇もないうちに、照明がまた灯った。皆が目を瞬《しばたた》く中、多田は銃身を巡らせて異常がないことを確認すると、上坂を小突いた。

「ちょっと顔貸せ」

多田は先刻と同様にロビーの陰に上坂を引っ張り出すと、詰め寄るように聞いた。銃口こそ下げているが、起爆スイッチは左手にあり、脅すように上坂の目の前に持ち上げている。

「どうや。犯人、わかったか」

「無茶言うな。そう簡単にわかってたまるか」

多田は、むっとした顔になる。

「三人も事情聴取、ちゅうやつをやったんやろが。それで何もわからんのか」

「何もわからん、ってわけじゃない」

上坂は、これまで調べた一部始終を急いで説明した。さすがにこんな大それたことを計画するだけあって、多田の頭の回転は良く、上坂の話をほぼ理解したようだ。

「ふん、そうか。どうやって犯人が広間に戻ったかが鍵か」

「まあ、そうだ。配膳エレベーターが、どうも気になる。あれは人が乗っても動けるぐらいの力はあると思うが、説明書か仕様書があればわかるだろう。暗いうちに中に潜り込み、電気が通じてから動かしたのかもしれん」

電気が点いたとき、多田は自分の近くにいた中谷と長田の姿がないのにすぐ反応した。続けて西浦がいないことにも。だが山西については、当人が現れるまで気付かなかった。とすれば、他の誰かが電気が通じてから配膳エレベーターを使って戻ったとしても、長田らの不在の方に気を取られて気付けなかったのではないか。エレベーターの動く音はただでさえ小さく、雨音に紛れて誰の耳にも届かなかっただろう。

取り敢えずそれで得心するかと思いきや、多田はかぶりを振った。

「あかんな、それは」

「あかん？　どうして」

意外に思った上坂が聞くと、多田は薄笑いを向けた。

「あんたもものを知らんな。ああいうエレベーターはな、扉がきっちり閉まりきってからでないと動かせんよう、安全装置が付いてるんや。指を挟まんようにな」

まだ飲み込めない上坂は、「それで」と聞いた。多田の顔に、呆れたような表情が浮かぶ。

「わからんのか。昇降スイッチは、籠の外にあるんやぞ。籠に乗り込んで扉を内側から閉めることはできるが、そうしたらどうやって手を出してスイッチを押すんや」

上坂は自分の頭を叩いた。

「俺としたことが。あんた、ずいぶん詳しいな」

「前に食堂でアルバイトしたことがあるからな」

多田は淡々と言った。徳島を出てから、いろんな仕事をやってきたのだろう。

「もしかして、起爆装置の作り方も電気工事の会社か何かでアルバイトして学んだか」

多田は眉を上げたが、「そんなことは今、どうでもええ」と返答を避けた。上坂はそれ以上追及せず、本筋に戻った。

「じゃあ、あんたは板長が聞いたっていう音をどう思う」

「聞き間違いやろ。これだけ激しい雨なんや」

多田は、あっさりと切り捨てた。

「とにかくあんたは、もっとましなことを考えろ」

多田は嚙みつきそうなほど顔を寄せ、凄むように上坂に言って起爆スイッチを振った。

上坂としては、頷くしかない。

「しかし、ここでできることには限りがある。別のアプローチが必要だ」

多田が眉根を寄せた。

「何をしようっちゅうんや」

「被害者、西浦晴美の周辺を調べて、動機のある奴を捜す」

多田は、「はあ?」と顔を歪めた。

「どうやって」

「外の警察に調べさせる。それしかない」

　多田は目を剝いた。

「何を言ってるんや。警察にやらせるやと」

「殺人事件を捜査するのは、警察の仕事に決まってるだろうが」

「お前、アホか。この状況を考えてみい」

「だからこそだ。あんた自身、言ったじゃないか。自分が犯人にされてはたまらんって」

「それとこれとは……」

「俺が説明する。これでも元は刑事だ。あんたの不利にならないよう話す。でないと、追い詰められるのはあんたの方だぞ」

　多田は唇を嚙み、しばし上坂を睨みつけた。しかし銃を上げようとはせず、じっと今の提案について考えているようだ。上坂はそれ以上言わず、待った。

　十数秒ほど経って、多田が大きく息を吐いた。

「くそ。仕方ない。お前が説明せぇ」

　上坂は、張り詰めていた肩の力を抜いた。

「よし。向こうの責任者は？」

「藤本という奴や」

聞いた途端、上坂は目を丸くし、多田の腕を叩いた。

「あんた、運がいいぞ」

二日目　〇三：四五

突然鳴った電話の音に、少しぼんやりしていたらしい鈴原が飛び上がった。中川がさっと動いて、応答する。

「はい」

「済みません。藤本管理官はおられますか」

驚いたことに、聞こえたのは多田と全然違う声だった。

「あなた……多田じゃないですね。誰ですか」

「宿泊客です。元警視庁の、上坂と申します」

その場の全員が、互いの顔を見合わせた。藤本はすぐさま、手振りで俺が出ると中川に伝え、受話器を受け取った。

「藤本です。五年前の事件では、いろいろお世話になりましたな」

「その節はどうも。大変ご無沙汰しています。昇進されてたんですね」

「ええ、おかげさまで」

世間話のような態だが、互いの緊張が電話線を通して伝わっている。

「そちらはどんな状況です」

「立てこもりについては、基本的には変わりません」

少なくとも、上坂が多田を制圧したわけではないようだ。ということは、上坂は多田の了解のもとに電話をかけてきたことになる。いったいどうしたのか。

「もしかして、交渉役を仰せつかりましたか」

わざと軽い調子で聞いてみた。元警察官ならこちらの手の内を知っていると多田が考えて、前面に立たせるのもあり得るか、と思ったのだ。だが上坂は、即座に否定した。

「そうではありません。立てこもりとは別に、厄介なことが起きました」

そのひと言で、指揮所の捜査員たちが一様に顔を強張らせた。

「厄介事とは」

「人質の一人が、殺害されました。しかもやったのは、多田ではありません」

「殺害だって？」

沢登が声を上げた。藤本は、目付きで黙らせた。

「どういうことですか」

「人質のうち、宿泊客の西浦晴美さんが、一階の布団部屋で遺体で見つかりました。死因は扼殺。犯行時刻は一時から一時半の間。多田はその間、私のすぐ横にいました」

上坂は簡潔に要点を述べた。藤本は頭をフル回転させ、話を咀嚼《そしゃく》する。犯行時刻の前後に多田が動いていないなら、人質の中に犯人がいる、ということだ。立てこもり事件の最中に、別個の殺人事件が発生したのだ。こんなことは、全くもって想定外だった。啞然《あぜん》としている中川たちをちらりと見てから、藤本はできるだけ冷静な声で聞いた。

「犯人の目星は」

「今のところは、まだ。犯行が不可能と思われる者は数人いますが」

通常の殺人事件と比べれば、容疑者が限られていて、しかも逃走する術《すべ》がない、というのは捜査側にとって非常に有利だ。だが一方、捜査員を現場に入れることもできないので、鑑識が使えない。常識的には、まず立てこもり事件を終結させてから殺人事件の捜査を行うべきところだが。

「多田にとっても予想外の事態でしょう。この状況を解決するため、投降を促してみては」

上坂なら当然そういう話はしているだろう、と思ったが、敢えて言ってみた。

「まだ目的を完全には達していないので、投降はできないそうです。しかし犯人を放っておくわけにもいかないので、並行して捜査しろと」

そうか。多田は上坂の素性を知って、犯人を突き止めさせようとしているのだ。殺人犯を抱え込んだままでは、多田にとっても不都合というわけか。

「それで藤本さん、被害者の西浦晴美さんの身元については、もう把握されていますよね」

「ええ」

「お願いがあります。被害者の身辺を洗って下さい」

中川と沢登が目を見張った。上坂は、本気で犯人を挙げるつもりだ。

「わかりました。こっちとしても、当然やるべきことです。何か摑め次第、連絡します」

「こちらからも適宜問い合わせを入れるよう、多田が言っています。よろしくお願いします」

藤本が了解したところで、通話が切れた。すぐに捜査員たちが、藤本の周りに集まった。

「聞いた通りだ。びっくりするような話だが、向こうの言う通り、殺人事件であれば動かにゃなるまい」

捜査員たちは頷いたものの、多くは当惑顔になっていた。

「あの……多田が上坂という人を使って、こちらを混乱させるために虚偽を伝えたということは」

鈴原が言った。藤本はじろりと厳しい目を向ける。

「そんなことをして、多田が得すると思うか」

「確かに、こんなややこしいことをする必要はないでしょうな」

中川が言い、恐縮した鈴原を下がらせた。

「本部長に報告しますか」

「ああ。その上で大至急、大阪府警に捜査協力要請してもらわんといかん」

多田の現住所が大阪ということで、府警には既に協力してもらっている。西浦についての捜査を頼めば、すぐ動いてくれるだろう。

「本部長は、これ以上変な事態が起きないうちに強行突入しろと言うかもしれませんよ」

それは藤本も考慮していた。が、この時点での突入はしたくない。ガソリン缶がどうしても障害になり、それへの有効な対処法は思い付いていなかった。それに突入により殺人現場が滅茶苦茶《めちゃくちゃ》になるのも、できれば避けたかった。

「そこは俺が何とか説得する」

藤本は、別の電話機に手を伸ばした。被害者西浦について把握していると言っても、女将さんと仲居さんから聞けた内容以上のものはない。中にいる上坂と大差ないのだ。至急、情報を集めねばならなかった。

二日目　〇三：五〇

「話はついたか」

受話器を置くと、多田が言った。上坂は、安心しろと返事した。

「あんたが犯人じゃないことは納得した。すぐ捜査にかかってくれる」

束《つか》の間《ま》、多田の顔に安堵したような表情が浮かんだ。

「わかった。で、あんたは次にどうする」

「被害者の部屋と荷物を見てみる」

上坂は新木の方を向いて、西浦の部屋番号を確かめた。階段を上がって左手、西側の二〇六号室だ。

「鍵をお願いします。それと、手袋はありますか」

「はい、運転用のが。持って来ます」

新木は事務室に走り、鍵と手袋を手にして戻った。上坂はそれを受け取ってから、河野家の一同が固まっている方をざっと観察した。動揺している顔はないかと確認したのだが、全員がそのように見えた。人質にされた上、身近で殺人まで起きたのでは、動揺する方が自然だろう。最も怯えて当惑しているようなのは、やはり依志武と井口だが、その様子からすると、自ら殺人に手を染める度胸などありそうにない。一方、依志輔と依志延は何か怒っているような雰囲気で、依幸はどこか投げやりに見えた。それぞれの性格が顔に出ているんだ、と上坂は思った。

顔色は犯人を見つける役には立たないな、と思った上坂は、大広間を出て二〇六号室に向かった。

二〇六号室に鍵はかかっていなかった。浴衣に着替える間もなく、大広間に集められたのだ。動転して鍵をかけるのも忘れたのだろう。

犯人が侵入したとは考え難かったが、念のため手袋を嵌めた。部屋の中に乱れなどはなく、ハンガーにレインコートが掛けてある他は、床の間の前にバスで見た小ぶりのボストンバッグが置かれているだけだ。

ジッパーを開けてみた。入っていたのは、化粧ポーチと替えのブラウス一枚、後は下着類だ。一泊か二泊程度の用意だった。新木によると、予約は一泊だけ。長居のつもりはなく、用件はすぐに終わらせるつもりだったらしい。

下着を検《あらた》めるのは憚《はばか》られたので、まとめてバッグから出した後、中を探った。ここに来た目的を窺わせるものが何かないか、と思ったのだ。すると、脇ポケットからメモ用紙が見つかった。電話番号が二つ。一つはかずら館の番号だったが、もう一つは不明だ。だが、市外局番は徳島市である。

バッグの底から見つかったのは、はるかに興味深いものだった。母子手帳だ。西浦晴美は、妊娠していたのだ。

二〇六号室を出て階段を下り切ったところで、電気が消えた。午前四時だ。ロビーの窓に目を向けたが、まだ外は真っ暗だった。空は分厚い雨雲に覆われているので、明るくなるにはまだだいぶかかりそうだ。上坂は舌打ちし、懐中電灯を点けて大広間に戻ると、新木をまた事務室に呼んだ。

「この番号、心当たりはありますか」

上坂は西浦のバッグで見つけたメモ用紙を示した。新木は一瞥して、首を傾げる。

「一つはうちの番号ですが、もう一つは知りません」

仕方あるまい。上坂は大広間に取って返し、多田に「もう一度警察に連絡する」と告げて受話器を取った。

一度コールしただけで、藤本が応答した。

「上坂です」

「ああ。本部に連絡して、大阪府警で被害者の周辺を洗ってもらうよう手配しました。本部長には、いろいろ言われましたがね」

苦笑のようなものが聞こえ、上坂は「申し訳ないです」と返した。

「こちらでも少しわかりました。被害者は妊娠していました。四カ月のようです」

この時期ならつわりはほぼ治まっているだろうし、服の上からではその気で見ないと気付けなかっただろう。こういう場合、やはり男は鈍感だ。

「それは意味がありそうですな」

藤本は、すぐに察して言った。

「もう一つ。持ち物の中に、電話番号のメモがありました」

上坂は、不明な電話番号を伝えた。藤本は、すぐに調べると請け合った。

「今のところ、それだけですか」

「ええ、そこまでです」

「わかりました。それで、多田と人質の様子は……」

藤本が言いかけたところで、多田が手を伸ばして電話を切った。

「余計なことは言うな。あんたが話していいのは、殺しの件だけや」

わかってるよ、と上坂は肩を竦めた。

二日目　〇四：〇五

「切られちまったか」

まあ仕方あるまい、と藤本は凝ってきた首筋を叩いた。多田の監視下での電話である以上、内容が制限されるのは想定内だ。

「どうも、近隣の村で土砂崩れが発生したようです。県内で、危険水位を超えたところもあるとか」

別の電話に出ていた沢登が言った。中川が眉をひそめる。

「状況はどんどん悪くなってますな」

「さっさと明るくなってもらいたいところだが」

真っ暗にしておいて突入する、という作戦は、状況変化から当面、放棄していた。電気を止めた意味はあまりなくなったが、多田を疲れさせる程度には役立っただろう。だがもし停電が殺人を誘発したのだとしたら、責任問題になるかもしれないな、と藤本は嘆息した。

「藤本管理官」

少しの間姿が見えなかった島倉署長が、体を揺するようにして藤本の前に立った。

「署の方から報告が来ました。河野家に関わる過去の事件について」

おう、と藤本は立ち上がった。殺人事件に気を取られ、そのことを忘れていた。

「何が見つかりましたか」

「戦時中の件です。昭和十九年に、河野家の下働きをやっていた女性が死亡しています。

死因は頭部打撲。書類上は、事故として処理されています」

書類上、というのは意味深長だった。

「裏の事情があるんですな」

ええ、と島倉は躊躇なく肯定した。

「捜査記録を見ると、最初は傷害致死を疑ったようです。強姦《ごうかん》の形跡があったみたいですね。疑われたのは、河野依志輔です」

中川の言っていた黒い噂とやらが、捜査記録でも裏付けられたわけか。

「しかし、もみ消された？」

「そのようですね。奉公人からの証言が得られず、何も証拠は挙がらなかったそうで。河野家に睨まれたらその家はおしまいですからな。当時は、往々にしてそんなことが」

戦時中でしたから、捜査にも限界があったでしょうし、と島倉は言った。

「被害者……いや、死亡者の名前は」

「多田美津子《みつこ》、二十九歳。夫は出征中でした。お察しの通り、多田の母親です」

やっぱりか。藤本は天井を仰いだ。これを多田が知っていたなら、河野家には充分すぎるほどの恨みがあるわけだ。最初の電話で多田が、河野家に「世話になった」と言ったときの妙に歪んだ口調を思い出す。そのうえ兄まで、となれば、復讐に出ようとするのも当然かもしれない。さすがに人質立てこもりを正当化することは、できないにしても。

「当時捜査を担当した刑事は、引退後も町内に住んでます。朝になったら、話を聞きにやらせます」

お願いします、と言ってから、藤本はさらに確かめた。

「戦後はそういうことは起きていませんか」

「記録を見る限り、それは。ですが、副署長が定年間近のベテランに聞いたところ、依志輔氏はともかく倅の依志延氏は結構いろいろやっていたようで。若気の至りなんて言い方もできるでしょうが、町に出て女の子にちょっかいかけたり、喧嘩《けんか》騒ぎを起こしたり。万事は金で解決していたそうで、立件までは行っとりません」

「今回のことは、自業自得ですかね」

後ろで聞いていた沢登が漏らした。藤本は目を怒らせる。

「巻き込まれている無関係の人間が何人もいるんや。滅多なことを言うな」

沢登は慌てて、済みませんと頭を下げた。

「しかし、それだけ深い恨みがあるなら」

中川が言った。

「まだ何か、仕掛けてきますすな」

だろうな、と頷いて藤本は時計を見た。午前四時十五分。雨は、衰える気配もない。

そこへ鈴原が近付き、メモを差し出した。

「先ほど問い合わせの、電話番号の主です」

藤本はメモに目を落とした。そして「やっぱりな」と呟いた。

第七章　次の一手

二日目　〇四：二〇

四時二十分を過ぎたが、依然として外は暗かった。懐中電灯の灯りの中で新木が多田の顔色を窺うようにして、聞いた。

「まだ燃料は残ってますが、四時半になったら発電機、動かしますか」

「いや、ええ。必要のあるときには言う」

新木が、わかりましたと引き下がると、多田は時計を確かめて受話器を取った。おっ、と上坂は身構えた。新たな要求を出すつもりに違いない。

「よう、待たせたな」

ダイヤルし終えてすぐ、多田が受話器に向かって言った。相手の声が微かに漏れているが、何を言っているかは聞こえない。

「次の要求や。坂東本人を、東陽テレビに出せ。七時二十五分の、ＴＹＢモーニングスタジオ。この番組や。え？　何？　アホか。スタジオが東京にあるのはわかっとる。徳島からの中継に切り替えろ、と言うてるんや」

坂東を生出演させる？　上坂には意外に思えた。告発は昨夜の番組で済ませているのに、まだ追い討ちをかけようと言うのか。

「ああ、そうや。坂東も言われっぱなしじゃ困るやろ。生放送で弁明させてやる。あいつも嫌とは言うまいよ」

電話の向こうから何かまくしたてる声が聞こえた。多田は少しの間聞いていたが、すぐに遮った。

「あと三時間しかないのは承知の上や。だから急げ。それと、放送一時間前になったら、徳島放送の担当ディレクターに俺宛てに直接電話させろ。これは絶対やからな。実行されんかったら、人質の安全は保証せん」

また向こうが何か強い声で言った。多田がすぐに返事する。

「わかっとる。全員やないが、解放する」

今の要求を呑むには人質解放が必須だ、と警察側が言ったようだ。これは当然だろう。

「要求を呑むか検討やと？　呆《ぼ》けたことを言うな。交渉する気はない。何人解放するかは、俺が決める。ああ、殺人事件のことはこれとは関係ない。別の話や」

言うだけ言って、多田は受話器を置いた。上坂は、河野家の一団のいる方を見た。まだ暗くて、どんな反応が顔に出ているかは窺えない。だが、盛んに身じろぎする影の動きと、ひそひそ声が伝わってくるので、かなり戸惑っているのがわかった。

上坂は目を戻し、改めて多田を見据えた。その顔には、さっきと違う緊張が現れている。勝負どころなのか、と上坂は思った。

二日目　〇四：三〇

電話が切れると、指揮所の面々は揃って渋面を浮かべた。

「テレビに坂東を生出演ですか。どういうつもりなんでしょう」

沢登が腹立たしそうに言う。

「少なくとも、弁明させるのが目的じゃあるまいよ」

藤本は腕組みして、電話機が多田であるかのように睨みつけた。

「出演を拒否するんじゃありませんか」

「とは限らん。視聴者に、逃げてると思われる。多田が言ったように、堂々と告発を否定すれば、窮地を挽回《ばんかい》できると踏むんじゃないか」

「でも、どう考えても罠《わな》ですよ、これは」

「いや……俺はそれほど坂東を知ってるわけじゃないが、奴が単純で自信過剰な男なら、出てくるやろう。多田はそれを承知してるんやと思う」

うーんと沢登が唸った。中川は時計を見て言う。

「こんな朝早く、坂東は起きてますかね」

「昨日の今日や。寝れたもんじゃあるまい」

藤本は電話を取ると、本部に連絡した。すると、刑事部長ではなく本部長が直に出た。向こうも徹夜でじりじりしながら次の動きを待っていたらしい。新たな要求について報告すると、本部長はくそっと舌打ちした。

「調子に乗りおって。いや、これも最初からの計画か」

「坂東に伝えるべきかと思いますが」

「実際に人質に危害を加える可能性は、どれほどと思う」

藤本は、慎重に答えた。

「旅館従業員や泊り客には、おそらく直接危害は加えんでしょう。しかし、河野家には相当な恨みを抱いています。河野家の誰かを傷付けるのは、躊躇わないかもしれません」

それにガソリン缶があるので、何が起きるかわからないとも藤本は付け加えた。本部長が唸る。

「要求を聞いたら何人解放する、とは言わなかったんだな」

「ええ、人数は自分が決めると。交渉は拒否されました」

ふうむ、と嘆息が聞こえ、ちょっと待てと言われた。周りの誰かと話し合っているのだろう。

一分ほどで、本部長は電話に戻った。

「二課は、坂東を表に引っ張り出すのは捜査の妨げになると危惧している。だが、テレビで何を言うか、或《ある》いは何を言わされるか、確かめてみるのも悪くないかもしれん。坂東に要求通りにするよう、連絡しよう」

「わかりました。ありがとうございます」

藤本はほっと肩の力を緩めた。本部長は藤本より十歳も若い上級職の官僚だが、思ったより胆が太いようだ。

「坂東は、私が説得しようと思いますが」

一瞬間を置いてから、本部長はわかったと応じ、坂東の連絡先を教えた。

「くれぐれも、刺激しすぎないように。会話の内容は、全て報告してくれ」

「もちろんです」

「それと、殺人事件の方はどうなってる。進展なしか」

本部長としては、そちらも大いに心配なのだ。真夜中に大阪府警に協力要請した以上、こちらも結果を出さないと恥だ。

「今のところ、ありません。府警からは何か」

「まだ連絡して一時間も経ってないぞ」

そうだった。焦っても仕方がない。

「旅館内では、上坂という元警察官が調べに当たっていると言ったな」

「ええ。今の状況では、それが最善かと」

「最善かどうかは、何とも言えん」

本部長が釘を刺した。藤本は逆らわずに「はあ」とだけ返事をした。

「上坂元巡査部長については、警視庁に問い合わせている。どういう人物か、辞めた経緯はどうかという辺りをね」

とにかく万事慎重に、人質はできるだけ多く解放させるよう粘れ、と言う本部長に、わかっておりますと答えて藤本は電話を切り、すぐに坂東の電話番号をダイヤルした。

二日目　〇五：五〇

六時近くになり、ようやく外が薄ぼんやり、明るくなり始めた。天候は好転の兆しもなく、雨は依然として降り続いている。雨脚は弱くなったが、またいつ激しくなるかわからない。濁流の音は、室内まで不気味に響いていた。

大広間にいる人々の顔も、どうにか見えるようになった。河野家が身を寄せている舞台前の辺りはやや暗く、全員の表情は読めない。が、近くにいる新木や中谷、長田たちの顔はほぼ見えた。誰もが、疲労を滲ませている。人質にされたうえ殺人事件にも巻き込まれ、ほとんど眠れていないのだから無理もなかった。第一発見者だった番頭の富永は、特に酷い顔つきだ。最初に見た死体の光景が、頭から離れないのだろう。

多田は、まだ疲れらしきものを見せていない。まだまだ、気が張り詰めているのだ。胡坐をかき、銃を抱え、起爆スイッチを手にしたまま時折り河野家の方に嘲るような視線を送っている姿は、ずいぶんと太々《ふてぶて》しく思えた。この先の展開に、自信を持っているようだなと上坂は思った。

突然、電話が鳴った。中谷夫人と長田が、びくっとする。新木がすぐに電話を取った。一言二言応答して、受話器を多田に差し出す。

「警察からです」

多田は受話器を受け取り、河野家にも聞かせるようなはっきりした声で言った。

「用意できたか」

しばし多田は相手の言うことに耳を傾けてから、「よし」とだけ言って、受話器を置いた。ニヤリとしながら、大広間を見渡す。

「みんな安心せえ。警察はこっちの要求通りにする」

　依志延が、目を剝いた。

「坂東さんが、テレビに出るのを承知したのか」

「その通りや。あんたには不都合か」

「何を馬鹿な……」

「お前は喋るな」

　挑発に嚙みつきかけた依志延を、依志輔がひと言で黙らせた。依志延は、ぎくっとしたように口をつぐんだ。依志輔は多田にまっすぐ目を向けて、太い声で言った。

「こんなことをして、何になる。いずれにしても、お前は終わりや」

「ほう、そうかい」

　多田が軽く受け流したので、依志輔は眉を逆立てた。

「儂を舐《な》めると後悔するぞ。お前なぞ捻り潰すのは造作もない。お前に儂らを撃てるものか」

「時代がかったことを言うなあ」

　多田が嗤った。それからゆっくりと銃身を持ち上げ、依志輔の方に向けた。

「撃つか撃たんか、試すか。あんたは撃たれても構わんと言うかもしれんが、取り巻きはどうかのう」

多田は銃身を左右に振った。震えも怯えも一切なく、落ち着いたものだ。

「ガソリンのことも、忘れたらあかんでぇ」

嘲るような言い方に、依志輔は、憎悪の籠った目付きで一歩踏み出そうとした。そこで井口が前に回り、依志輔を止めた。

「大旦那様、やめて下さい。お願いします」

依志輔は井口を蹴飛ばすような動きをしかけたが、思い止《とど》まって憤然としつつ腰を下ろした。銃を恐れてと言うより、上坂たちの目を気にしたようだ。多田は、ふんと鼻を鳴らして銃を引き、電話に手を伸ばした。

また警察の指揮所に電話するのかと思ったが、多田が回したのは違う番号だった。相手が出たのは、三度か四度のコールの後だった。

「ああ、俺や」

相手は連絡を待っていたらしい。多田はいきなり用件を伝えた。

「予定通り運んだ。後はわかってるな。うん、六時半や。頼むで」

多田が喋ったのは、それだけだった。事前に打ち合わせてあったに違いない。外に仲間がいる、ということだ。

「誰だい、今のは」

一応、聞いてみた。多田は「気にすんな」と答えた。

「まあ、七時二十五分のテレビを楽しみにしとけや」

　多田は満足したような笑みを、上坂たちに向けた。

　六時二十五分。ＴＹＢモーニングスタジオの放送時間のきっちり一時間前に、電話が鳴った。新木が取って相手を確認し、頷きながら多田に受話器を渡す。

「徳島放送の里村《さとむら》さんとおっしゃってます」

　番組のディレクターだろう。多田は鷹揚《おうよう》な仕草で受話器を受け取った。

「俺が多田です。ええ、そうです。人質に危害は加えてません」

　西浦が殺されたことは、警察もまだ公表してはいないだろう。多田も自分から告げるつもりはなさそうだ。多田自身は何も危害を加えていないのだから、嘘をついたわけではない。

「ええ、ええ、坂東にその辺を質して下さい。弁解するか誤魔化すかするでしょうが、信用したらあきません。ええ、それから、もう一つネタを提供します。間もなくそっちの玄関に、井上《いのうえ》ちゅう男が行きます。彼から話を聞いて、それを坂東にぶつけて下さい。え？　ええ、そっちの判断はあるでしょうが、内容を聞けば頰かむりでけへんと思いますよ。それにですね、これは立てこもり犯の俺の要求やちゅうこと、忘れんといて下さい。ほな、期待してますから」

最後は脅しを利かせるような形で、多田は話を終えた。井上とは何者だ、と聞きたかったが、テレビを見ろという答えしか返らないだろう。さっき多田が電話した仲間は、この井上に相違ない。

「さてあと一時間、ゆっくり待とうか」

多田は薄笑いと共に一同を見渡した。依志延が、歯軋りするように多田を見返している。

捜査に戻ると多田に断り、上坂はまた事務室に入った。事務室の窓は小さいので、外が明るくなっても照明がないと薄暗い。それでも、壁の図面や机の帳面などは読めた。上坂は図面に顔を寄せ、もう一度じっくり検討した。だが、さっき考えたルート以外に、犯人が通れそうなところは見つからない。

「どうも配膳エレベーターが、なあ」

上坂は独りごちた。多田には否定されたものの、どうしてもあれが気になっていたのだ。扉の隙間から針金でも通して、スイッチを押すことはできないだろうか。いや、それでは強度が足りないし、そもそも針金なんかどこにある?

考えあぐねて、目を移した。図面の隣には、その月の予定が書き込まれた黒板があった。団体客の予約や、宴会の予約が書き込まれている。昨日の河野家の喜寿祝いの会も、もちろん書かれていた。そこでふと思う。多田はこの宴会の予定を、どうやって知ったのだろう。関係者を装って、かずら館に問い合わせでもしたのだろうか。

その疑問について考えかけたとき、翌週の予定が一つ、目に留まった。「厨房EV修理」と書かれている。あの配膳エレベーターのことだ。どこかが故障しているらしい。やれやれ、故障中ならますます使えないじゃないか、と上坂は苦笑した。

何も思い付かないまま事務室を出ようとして、上坂ははたと足を止めた。そのまま向きを変え、厨房に入ると、配膳エレベーターの前に立つ。脇に貼られた「指はさみに注意」の張り紙を少しの間眺めてから、扉を手で探ってみる。それから独りで頷くと、踵を返して大広間に戻った。

「何や、何か見つけたんか」

顔についい、笑みが浮かんでいたらしい。多田が見咎《みとが》めて小声で聞いた。上坂は「ああ」と応じて、多田に囁いた。

「犯人が誰で、どう動いたか、たぶんわかったと思う」

「何やと」

多田が目を剝いた。

「誰なんや」

「待て。まだ動機がわからん」

「そんなもん、後からで……」

「動機がわからないと、説得力に欠ける。後はテレビを見てからにしようじゃないか」

上坂は、半ば唖然としている多田の背中を軽く叩いた。


七時十五分になったところで、多田は新木に発電機を再始動させた。もちろんテレビを見るためだ。十分後の七時二十五分、TYBモーニングスタジオが始まった。大広間の全員の目が、吸い寄せられる。依志延は多田に摑みかからんばかりの様子だったが、何とか自制していた。

「皆さん、おはようございます。今朝は、昨日発生しました徳島県祖谷渓の旅館、かずら館での人質立てこもり事件に関しまして、特別編成でお送りします。東陽テレビでは人質の安全を最優先し、犯人の要求に従い、事件に関係するある人物に生出演していただくことにいたしました。その方は、徳島放送のスタジオに来られています」

馴染《なじ》みのキャスターが事情を説明し、間もなくカメラは徳島のスタジオに切り替わった。徳島放送のアナウンサーが大写しになる。普段はローカルニュースを流すだけで、こんな大舞台は初めてなのだろう。かなり緊張した面持ちだ。アナウンサーは再度事情を説明し、カメラがパンして五十歳くらいの黒縁眼鏡の男を映し出した。多田の満足げな表情からすると、これが坂東のようだ。果たしてすぐに、画面の下に「坂東敏則さん」という字幕が出た。服装はグレーの背広に濃紺のネクタイ。多田が嗤った。

「真面目に見えるよう、服を選んできたな。いつもはもっと派手なシャツやのに」

姑息《こそく》な奴や、と多田が吐き捨てる。おそらく、弁護士の忠告を受けて身なりを整えたのだろう。

アナウンサーは、お運びいただきましてと礼を述べてから、早速話に入った。

「昨日は、犯人の多田修一郎の要求通り、その主張を放送で伝えました。それにつきましては、いかがでしょうか。多田の言ったことは、事実なのでしょうか」

配慮するように見えて、舌鋒《ぜっぽう》はなかなか鋭かった。それは想定内であるらしく、坂東は落ち着き払って答えた。

「全て、不当な言いがかりです。確かに、本四連絡橋開通後の需要を当てにした開発計画はありますし、それに伴う土地の手当ても行っています。しかし、それらは全部正当な取引で、意図的に誰かを陥れるようなものではありません。多田君のお兄さんが自殺されたのは誠にお気の毒ですが、それについて私や河野依志延氏に責任があるような言い方をされるのは、大変心外です」

「多田は、自身の兄にあなたが価値の低い土地を摑ませ、不当な利益を上げたと主張していますが」

「はい。斡旋《あっせん》した土地について見込みを誤ったことにつきましては、私も責任を感じております。しかしながら、私にも損失が発生しておりまして、決して不当な利益を上げたと誹《そし》られる状況ではございません」

答えが整然としすぎているな、と上坂は感じた。きっと帳簿も、ボロが出ないよう操作してあるのだ。この受け答えは、急遽《きゅうきょ》弁護士と相談して作ったものだろうが、それにしてはまあ、うまくやっていると言わざるを得なかった。多くの視聴者の目に、彼は悪人と映るだろうか。

前政権の金脈問題で開発利権がクローズアップされたので、坂東について胡散臭さを感じる人は少なくあるまい。だが、敢えて本人をカメラの前に出したメリットは、これまでのところ感じられない。上坂が首を捻ったとき、爆弾が投じられた。

「お話はわかりました。ですが、ここにもう一件の告発があります」

坂東が怪訝な顔をした。アナウンサーは、効果を狙うように一呼吸置いてから言った。

「去年の六月二十五日夜、新町《しんまち》のホテルで何がありましたか」

坂東はぽかんとしたが、次の瞬間、驚愕の表情になった。

「な、何がって、どういうことでしょうか」

明らかにうろたえている。これには上坂も驚いた。いったい何だ。

「告発によりますと、この夜、あなたと河野依志延さんが、飲食業に勤務する女性を強引にホテルに連れ込み、暴行を加えて全治二カ月の重傷を負わせたとのことです。あなたは五十万円を支払い、一切他言しないよう言い含めたということですが」

「ばっ、馬鹿な。何を言うか！」

坂東の顔が、画面を通してわかるほど真っ赤になった。

「証拠でもあるんですか。明らかな名誉毀損だ。テレビ局ともあろうものが」

「こちらに診断書があります。六月二十六日付で、殴打による裂傷と骨折、とはっきり書かれています。告発されたのは被害者のご家族で、いつでも証言するとおっしゃっていますが」

「そんなのは偽物だ！　全部嘘っぱちだ！」

坂東は目の前のテーブルに拳を叩きつけた。不意打ちを食らって、完全に動転している。

「どうか落ち着いて下さい」

「これが落ち着いてなどいられるか！」

やれやれ。奴の弁護士は、今頃頭を抱えているだろう。坂東の態度に、アナウンサーも腹を立て始めたようだ。さらに踏み込んだ。

「告発は書面でいただきました。それによりますと、あなたと河野さんは、女性を騙《だま》して乱暴しようとし、抵抗されて激昂《げっこう》した揚句、暴力を振るったと……」

「冗談じゃない、誰が騙されたって言うんや」

坂東はアナウンサーを遮って怒鳴った。頭に血が上って、生放送だというのを忘れているようだ。

「何が騙してだ。へらへらついて来たくせに。ああいう世界は、男と寝るのも商売のうちやろうが。そのくせ……」

まくし立てていた坂東が、はっとして固まった。口が半開きになったままだ。アナウンサーさえもが、二の句が継げない様子だった。

やがて気を取り直したアナウンサーが言った。

「ただいま、大変お聞き苦しい発言が流れましたことをお詫びいたします」

そこで画面が東京のスタジオに切り替わった。

「終わったな」

多田が会心の笑みを浮かべた。

「あの大馬鹿者が」

依志輔が、吐き捨てた。依志延は怒りで紅潮したまま、全身を震わせている。まったく坂東という男、テレビカメラの前であんな醜態を見せるとは。激昂しやすく、予期せぬ攻撃には自制が利かなくなってしまう性質《たち》なのだろう。多田はそれを計算の上で、被害に遭った女性の家族であろう井上と示し合わせ、坂東と依志延を公開処刑したのだ。

なんと狡猾《こうかつ》なやり方か、と上坂は舌を巻いた。

「よし、約束や。お前とお前、出ろ」

　多田はいきなり富永と、調理助手の正岡を指した。

「え、俺？」

「わ、私ですか」

　二人は驚き、揃って自分を指差すと「でも……」と申し訳なさそうに新木と山西を見た。山西は目を怒らせた。

「ご指名なんや。さっさと出ろ。こっちは気にせんでええ」

　正岡はそれでも少し躊躇ったが、山西に背中をどやされると、跳ねるように立って一同に深く頭を下げてから、多田に示されるまま通用口に向かった。富永も新木に促され、大広間の面々を済まなそうな顔で見渡すと、一礼して後に続いた。

「二人だけなんですか」

　両名を見送って新木が聞いた。前回の六人と比べて、バランスを欠くと言いたいようだ。

「そうや。気の毒やが、残りのみんなにはしまいまで付き合ってもらう」

　多田がきっぱり言うと、河野家の中から嘆息が漏れた。どうやら、最も影響のない者を選んでここから出したんだな、と上坂は解釈した。新木はそれ以上言い返さず、多田に二人が出た後に扉を施錠するよう指示されて、通用口に行った。

二日目　〇七：四〇

テレビを囲んだ指揮所の捜査員たちは、一様に呆れ返っていた。

「何とまあ。坂東という男、ここまでアホやったんですなあ」

中川が呟くと、周りの皆が賛同の溜息を漏らした。

「しかし、東陽テレビもよくまあ、こんなやり方に乗っかりましたね。ゴシップ週刊誌とかならいざ知らず」

沢登も驚きを隠していない。

「噂で聞いたんやが、坂東は前に巨額の開発計画に関して東陽テレビの取材を受けたとき、だいぶ尊大な態度で応じたらしいぞ。マスコミは、そういうことはしっかり覚えとるからな」

「端《はな》から心証は良くなかったわけですか」

鈴原が、なるほどと納得顔を見せた。

「しかし、マスコミ連中はこれを受けてどうしますかね」

中川が眉間に皺を寄せた。藤本は、決まってるさと顋を撫でた。

「坂東と河野の周りに殺到するだろうな。坂東と敵対関係にある輩《やから》も結構いるだろう。

そういう奴らが、マスコミにあることないこと吹き込む。船が沈むと見切ったら、乗ってた者はみんな雪崩を打って逃げ出す。よくある話やないか」

「それはわかりますが、こっちにも押し掛けて来るんやないですか」

「それは本部の広報の仕事だ」

「とはいえ、どこかの時点で管理官もテレビの前に引っ張り出されますよ」

それもあるか、と藤本は嘆息した。そのやり取りに呼応したかのように、電話を取っていた捜査員の一人が、受話器を押さえて困惑顔で報告した。

「こっちに出張ってるマスコミの代表からです。今の放送を確認したようで。自分たちにももっと情報が入るよう、規制線を現場に近付けろと要求を」

「東陽さんばっかり贔屓《ひいき》するな、と言いたいんでしょうな」

中川が首筋を掻きながら、困ったもんだとばかりに言った。

「そういう文句は、多田に言ってもらいたいな。俺たちのせいじゃない」

藤本は受話器を持ったままの捜査員に、土砂崩れの危険があるので今の規制線を守るよう伝えろ、と指示した。捜査員は渋々、受話器を耳に戻した。

「抜け駆けしようとする奴が出るかもしれませんな」

中川が懸念を表した。

「そういう面では、この悪天候が幸いしてると言えるんじゃないか」

道路は封鎖されているし、川から接近しようにも濁流に阻まれ、崖伝いに行こうとしても足場が滑り易くて危険極まりない。機材を担いで無理にかずら館を目指す者は、さすがにいないだろう。藤本は今回初めて、台風に感謝した。

そこへ機動隊からの無線が響いた。

「出て来ました。旅館従業員のようです。ああ、二人だけです」

「たった二人なのか」

藤本は驚くと共に落胆した。多田はできるだけ多くを最後まで手元に残す気なのだ。

二日目　〇七：五五

電話の音が大広間に響いた。さっきの放送を見た警察からの連絡だろう。人質をもっと解放するよう説得する気ではないか。上坂はそう思ったが、電話を取った新木の表情からすると、どうも違ったようだ。新木は困惑したような顔で、多田に受話器を差し出した。

「あのう、週刊誌の記者だと言ってますが」

これは予期しなかったが、それほど意外ではなかった。東陽テレビの放送内容で刺激されたマスコミ各社が何らかの反応をすることは、充分考えられた。しかし、直接電話をしてくるのは問題ではないのか。

「はいよ」

多田は拒まず、電話に出た。

「へえ、週刊真報《しんぽう》の記者さんねえ。ああ、テレビで流れたことは全部本当や。自分で確かめろよ。え？　俺のコメント？　そんなものはない。ほう。何か言わなきゃ勝手に書くか。面白い。やってみいや。恥かくのはお前やで」

その週刊誌は、上坂も知っている。センセーショナルな見出しの煽《あお》り記事が大半で、取材方法も強引なため、評判はお世辞にもいいとは言えなかった。週刊真報という名前も、電話で週刊新潮と間違われるのを期待して付けた、なんて噂があるくらいだ。

「それにお前、人質は無事かどうか、ひと言も聞かんのやな。売れるネタさえありゃ、人命なんかどうでもええわけやな。え？　ふざけるなや。お前がそんな偉そうなこと言える立場か。だいたい、この電話回線は警察とこっちの連絡用に空けとくはずやろ。横紙破りしやがって。これ以上いらんことしたら、次の放送でお前んとこを吊《つる》し上げるからな」

多田は、叩きつけるようにして受話器を置いた。

「まったく、マスコミには性質の悪いのがおるのう」

お前らと同じようなもんやな、と多田は河野家の方を見やりながら煽るように言った。

依志延が嚙みつこうとするのを、井口がまた抑える。

「テレビのニュース番組を使ったのは、そのためか」

上坂が問うと、多田は「ま、そうやな」と答えた。

「テレビの生放送となると、見る者の信用度が違うからな。それに人命がかかっとるという大義名分があれば、テレビ局の立場では余計なコメントは入れられんやろ」

つまり、さっきの記者のように多田を不当に貶めたり挑発したりはしない、という読みだ。今のところ、それは思惑通りになっている。

「で、次はどうするんだ。解放はしないのか」

「次の一手まで、まだちょっと間がある」

多田は口元だけでニヤリと笑い、上坂に向かって言った。

「動機がわかったら、犯人と手口を教えると言うたな」

「ああ、言った」

「その間にわかればいいが、待つのも限度があるで」

わかってるよ、と上坂は言った。だがこれは、自分だけではどうしようもなかった。

二日目　〇八：三五

八時半を過ぎた頃、本部から電話がかかってきた。東陽テレビの放送を受けてのことだろう、と思い、藤本は電話に出た。相手は刑事部長だった。

「びっくりするような放送だったな」

開口一番、部長が言った。二人しか解放できなかったのを叱責されるのかと思ったが、そういうことではないようだ。

「テレビ放送始まって以来かもしれませんな」

軽口めいた言い方をすると、刑事部長は咳払《せきばら》いした。

「あれについては、警察庁《さっちょう》でも賛否が分かれているようだ。公共の電波を犯人の好きに使わせていいのかってな」

それは藤本も覚悟していた。人命最優先と言っても、どこまで許されるかの考えは立場によって変わる。

「二課の方は、どうです。怒ってますか」

「こっちも痛し痒《かゆ》しってとこだな。放送が終わってから、早くも告発の電話があったそうだ。坂東という奴、思ってたよりもずっと脇が甘いな」

沈没船からの脱出が、もう始まっているようだ。多田が聞いたら、してやったりとほくそ笑むところだろう。

「ここだけの話だが」

部長は心なしか声を低めた。

「官邸が喜んでいるらしい」

「官邸が、ですか」

藤本はさすがにちょっと驚いた。そんな上の方が注目しているのか。

「知っての通り、徳島は総理のお膝元だ。しかも総理は、前政権の金脈問題の後処理で、クリーンなイメージを理由に政権に就いたお人だからな。坂東は次の総選挙に出ようと運動してただろう」

そういうことか。藤本はすぐ理解した。あんな食わせ者を公認していたら、ただでさえ党内で逆風が吹いているというのに、総理の政敵に攻撃材料を与えるところだった、というわけだ。公認前の今なら、とっとと失《う》せろと門前払いするだけで済む。

「まあ、その話はいい。電話した用件は、二つある。まず一つは、大阪府警に要請していた件だ」

「西浦晴美の話ですか。もう返事が来ましたか」

周辺捜査を依頼してから、まだ五時間だ。全国的に注目される事件になったせいか、迅速に動いてくれたらしい。

「被害者は、大阪のキタのクラブで働いてた。そこは午前四時まで営業してるんでな。府警が勤務先を調べて出向いた時は、店を閉めた直後で、従業員がまだ残ってた。それですぐ話を聞けたんだ」

西浦晴美は、以前は徳島のクラブで働いていたそうだが、援助する客がいて、本人の希望通り大阪の店に移ったという。

「そいつはなかなかの太客で、キタの店にも度々来ていたらしい。大抵は二人連れで、被害者を援助した客が連れを接待するような格好だったそうだ。まあ接待と言うより、持ちつ持たれつという感じでかなり親密だった。時々、女の子を下がらせて商売の密談みたいなこともしてたようだ」

「ほう。何だか見えてきましたな」

「決定的な証言がある。従業員の一人から、一時間前に府警に電話があった」

「当ててみましょうか。例の放送に、その客が出てたんですね」

ご名答、と部長の笑いが漏れた。

「接待されているようだった連れの方、それが坂東だ。被害者の客の方は、河野依志延で間違いなさそうだ。坂東がヨシノブさん、と呼びかけていたのを従業員が覚えてる。ご丁寧にも、キープしたボトルに『徳島のヨシノブ』とサインしてやがった」

脇が甘いのは、依志延も一緒らしい。ボンボン育ちで、自分が攻撃されるなど考えたこともなかったのだろう。

「後でファクスで依志延の写真を送って、従業員に確認してもらう。それで決まりだ」

「わかりました。ありがとうございます」

西浦晴美は、依志延に会うためにかずら館に行ったのだ。大阪で話すとうまく逃げられるかもしれないが、家族が集まっている場なら、逃げようがないと見込んだのではないか。用件は、妊娠の絡みに違いあるまい。喜寿の会があることは、依志延がよく考えもせずに漏らしたのだろう。

「さて、もう一つの話だ。警視庁に問い合わせた、上坂元巡査部長の件だ」

刑事部長の口調が、少し変わった。藤本は妙な緊張を感じ取った。

「彼が辞めた理由は、被疑者に暴力を振るったため、となっている」

となっている？　何やら思わせぶりな言い方だった。

「それだけですか。辞めるほどの事情とは思えませんが」

「察しの通りだ。表向きの理由ってやつだ。上坂は刑事としてかなり優秀で、七年前に墨田《すみだ》区であった殺人事件では、容疑者の口裏合わせを見抜いて自供に追い込んでいる。その件では警視総監賞も貰ってて、警部補昇進も近かった」

「焦《じ》らさんで下さい。本当の理由は、何なんです」

部長がまた、咳払いした。

「本部長が警視庁にいる同期にこっそり聞いてくれた。どうやら奴は、ある事件の捜査の過程で上司が闇金融業者と癒着しているのに気付き、表沙汰にしようとしたそうだ」

「上司を、ですか。それは只事じゃないですね」

「うん。いろいろ複雑な事情があったらしいが、穏便に済ませようとする上の意志に、上坂はどこまでも逆らった。その結果、両成敗って形で、上坂も上司も辞めることになった」

「それは理不尽な気がしますが」

「理不尽と言えば理不尽だな。だからちょっと気になる」

藤本は怪訝に思った。部長は何が言いたいのか。

「立てこもっている多田だ。あいつも河野家と坂東に、理不尽な目に遭わされてるだろう」

それを聞いて、藤本は顔を顰めた。

「上坂が多田に同情的になっている、或いは協力的になっている。そう懸念しておられる？」

「手っ取り早く言うと、そんなところだ」

「それこそ理不尽じゃないですかねえ」

「わかってる。しかし、現に上坂は殺人の捜査を買って出て、多田に協力している格好だろう」

「それを協力と言うのは、如何《いかが》なもんですかね。立てこもりの間に殺人事件が解決すれば、こちらとしてもマスコミの集中砲火を避けられて、有難いでしょう」

それはまあ、その通りだと部長は口調を緩めた。

「今どうこうしろって話じゃない。注意事項として、頭に置いといてくれ」

刑事部長は言い訳めいた念押しをして、電話を終えた。藤本は置いた受話器を、しばらく腕組みしたまま見つめていた。

第八章　大広間の告発

二日目　〇九：四五

上坂が待っていた電話が来たのは、東陽テレビの番組が終わって三十分ほど経った頃だった。


「警察の方から、上坂さんにと」

新木に声をかけられ、上坂は多田に軽く頷いて見せてから、受話器を取った。

「上坂です」

「頼まれていた件です。府警から報告が来ました」

藤本は、大阪府警が調べた内容を詳細に伝えた。上坂は自分の頬が緩むのを感じた。こうではないかと予想していたものと、ほぼ変わらない。

「わかりました。ありがとうございます」

「それから、お預かりした電話番号もわかりました。河野依志延の徳島市内の自宅です」

そうですか、とだけ上坂は言った。それに関して、驚きは全くない。

「これで犯人は、確定できますか」

「ええ、そうですね。手口もだいたいは」

「証拠もあるんでしょうか」

「状況証拠ではありますが、決定的だと思っています。後で鑑識がこちらに入れば、物証も押さえられるかと」

「助かります」

藤本は、もうわかっているはずの犯人の名前は口にしなかった。当面、上坂に任すということだろう。

「上坂さん」

礼を言って電話を切ろうとしたとき、藤本が呼び止めるように言った。

「何でしょうか」

「気を付けて下さい。多田のペースに巻き込まれないように」

「ええ、それはわかっています」

大丈夫ですよと電話を切ってから、上坂は藤本がどうしてあんなひと言をわざわざ付け加えたんだろう、と訝しんだ。

「済んだのか」

多田が上坂の腕をつついた。上坂は、無言で頷いた。

「よし。誰が犯人か、説明せえ」

「わかった。全員に近くに寄ってもらおう」

多田は了解し、銃を振って「真ん中に集まれ」と大声で命じた。河野家の面々は、むっとした顔になったが、面倒を掛けることもなく前に出てくると、固まって座り直した。多田と上坂は、並んで全員と向き合う格好になった。これじゃ俺が多田の仲間みたいだな、と上坂は内心で苦笑した。

「ええと、では皆さん、よろしいでしょうか」

言いかけた途端、依志輔から「あんたが話すのか」と声が飛んだ。

「そうです。私が調べた結果を、ここでお話しします」

上坂は改めて全員の顔を窺った。ある者は不快そうな、ある者は心配そうな、またある者は胡散臭げな目で上坂を見ている。が、中に一人だけ、目を合わせようとしない者がいた。上坂はそれを確認すると、話を始めた。

「さて、皆さんご承知の通り、本日未明、宿泊客の西浦晴美さんが布団部屋で殺害されました。こちらの中谷さんと長田さんも、同じ頃に広間を出てトイレやロビーに行っておられましたので、お二人の証言から、犯行時刻は午前一時十五分前後と推定できます」

その点、よろしいですねと言葉を切ると、珍しく依志武が口を挟んだ。殺人事件に一番ショックを受けていた一人なので、自ら確かめたくなったのだろう。

「それはつまり、そのお二方は犯人ではない、ということですね」

「はい。物理的には犯行は可能ですが、お二人からはご自身を有利にするような証言がありませんでした。嘘や誤魔化しはない、ということです」

依志武は、失礼しましたと中谷と長田に頭を下げた。依志輔と違い、大きな体型の割におとなしい常識人という新木の評は確かなようだ。中谷も長田も、目礼を返した。

「中谷さんは、一時十三分頃と思われますが、トイレに入るときに布団部屋の前に立つ誰かの気配を感じています。状況からして、そこに入ろうとするところだったと推定できます」

「それは、西浦さんではないんですか」

井口が聞いた。いいえ、と上坂は応じる。

「西浦さんは、午前一時に消灯して間もなく広間を出ています。私自身がその気配に気付きました。西浦さんが布団部屋の前で十分以上もじっとしている理由はありませんから、それは犯人だったと考えるべきです」

井口は特に反論せず、黙った。

「西浦さんは先に布団部屋に入り、犯人を待っていたと思われます。おそらく、犯人から内密の話し合いをそこでしようと持ちかけられていたんでしょう。広間に集まっている間、特に最初に停電した直後、非常用発電機を動かすやら何やらで注意が逸れていました。その時なら、西浦さんにメモを渡すくらいはできたはずです」

「内密の話って、何です」

山西が声を上げた。当然の疑問だが、上坂は待ってと手振りで抑える。

「それは後でご説明します。さて犯人と西浦さんですが、トイレに中谷さんがいることは気付いていたでしょうから、小声で話し合ったはずです。だが、決裂した。その結果、犯人は西浦さんの首を絞め、殺害に至りました」

中谷夫人が、身震いした。中谷が、大丈夫だから落ち着けと背中を撫でた。上坂は、怖がらせて済みませんと目で詫びて、先へ進んだ。

「これは計画的でなく、衝動的なものでしょう。人質立てこもりの最中に計画殺人を行う者は、まずいません。犯人はやってしまったことに自分でも驚いたでしょうが、灯りが点く前に広間に戻らなくてはならない。急いで布団部屋を出た。ところが、玄関の薄明りでロビーのソファに誰か座っているのがわかった。長田さんです。犯人は困った。

長田さんに気付かれずにロビーを通過するのは、かなり難しい。代わりのルートを考えなくてはならない。犯人は焦ったでしょうね」

「勿体《もったい》付けんと早う言え」

多田が催促した。勿体を付けているつもりはなかったが、仰せの通り先を急ぐ。

「犯人は廊下を通らずに済むよう、姿勢を低くして玄関を壁沿いに大回りし、フロントから事務室へ、さらに厨房へと入ったんです」

「しかし厨房には、私がいましたよ」

山西が言った。

「でも板長さんからは、厨房の出入口は見えなかったでしょう」

あんたは隠れて酒を飲んでたんだから黙ってろ、と暗に言った。山西は了解して黙った。

「じゃあ犯人は、厨房を出て広間に入ったんですか」

井口が言った。上坂はかぶりを振る。

「そんな単純なことではありません。それなら多田さんか私、或いは新木さんか富永さんが気付きます。犯人は一旦二階に上がり、そっちの舞台裏にある従業員階段で降りて、舞台脇の通用口から広間に戻ったんです。緞帳の影になっているので、扉の開閉はほとんど見えません」

「まるで儂らの中に犯人がいるようではないか」

依志輔が声を荒らげた。舞台裏の階段を気付かれずに使えるのは、舞台前に固まっていた河野家の関係者だけ、と承知しているのだ。まあまあ、と上坂は宥めた。

「順番に行きましょう。犯人は私たちに気付かれずに布団部屋に移動するため、行きも従業員階段を使って二階へ迂回しました。消灯中でも、ライター一つあれば足元は見えます。このときロビーは無人ですから、客用階段で一階に下りられました。数秒遅かったら廊下を歩いて来た中谷さんと鉢合わせたはずですから、この点は運が良かったわけです」

「いや、ちょっと待って下さい」

井口が手を上げた。

「帰りは厨房から二階へ行ったと言われましたが、どうやって。あそこに階段はないでしょう」

「おっしゃる通りです。犯人は、配膳用エレベーターを使ったんです。消灯中に中に隠れ、電気が通ると同時に動かして二階の配膳室に上がったんです」

「あんなものに、人が乗れるんですか」

井口が驚いて聞く。上坂は新木に確かめた。

「あれの載貨重量と幅は」

「ええと、確か最大百キログラムです。幅と奥行きは七十センチです」

「体を曲げれば、人は乗れますよね」

乗れると思います、と新木は言った。中谷夫妻と長田が、河野家の人たちに目を向けた。そこにいる中で、乗れそうなのは依志延と井口だ。依志輔もぎりぎり乗れるかもしれないが、依志武は太すぎ、依幸は上背がありすぎた。他の面々も、太いか高いかのどちらかだった。

「実際に、板長さんはエレベーター付近で該当時刻頃に物音を聞いています」

山西が、あれは聞き違いではなかったんだと大きく頷いた。

「おい、ちょっと待て」

多田が上坂を小突いた。

「言うたやろ。安全装置があるって。動かしようがないやないか」

「そこが胆なんだよ」

上坂はニヤリとして、山西に話しかけた。

「板長さん、あのエレベーター、来週修理予定が入ってましたよね」

「ええ、そうです」

「どこを修繕するんですか」

「はあ、今多田さんが言ったやつです。戸閉《とじめ》安全装置です」

何やと、と多田が目を丸くする。

「じゃあ、戸が開けっ放しでも動くんか」

「ええ。接点が壊れまして。なので、動かすときは指はさみに注意するよう、貼り紙をしておいたんです」

上坂が気付けたのは、その貼り紙のおかげだった。エレベーター自体は油汚れがかなり付着していて、何年も使っていると見えたが、注意書きはこの数日で貼ったように新しかったのだ。

「で、新木さん。修繕はどこに頼みましたか」

「え、それはもちろん、依志延さんのところです。前にも申しましたが、この建物全般の設備管理は依志延さんの会社にお願いしてますから」

全員の目が、依志延に向いた。皆にもわかったのだ。かずら館の従業員を除けば、この場にいる者で従業員階段の存在とエレベーターの安全装置の故障を知っていたのは、依志延だけだと。

「安全装置が壊れていれば、中に乗って扉を開けたまま手を外に出し、昇降スイッチを押して動かすことが可能です。皆さんおわかりですね」

上坂は駄目を押した。依志延は、肩をぶるぶる震わせ、こちらを向こうとはしない。依志輔は唇を引き結んで、息子をねめつけていた。

「では続いて、殺害動機の方にまいりましょう。先ほど言いかけました、布団部屋での内密の話のことです」

上坂は、赤から蒼白に顔色を変えている依志延に視線を当てて、言った。

「西浦さんは徳島市内のクラブに勤めていましたが、馴染み客の支援もあって大阪キタのクラブに移りました。その馴染み客は、あの坂東と一緒に大阪の店にも頻繁に通っていたそうです。それが依志延さんであることは、大阪府警が先ほど確認しました」

厳密に言えば「依志延と思われる」とすべきだが、依志延の表情を見れば、断定して差し支えなかろう。

「西浦さんは妊娠四カ月でした。依志延さん、父親はあなたなんでしょう？」

依志輔の目尻が吊り上がり、依志延は顔を背けた。

「まあ、これも調べればわかることです。西浦さんがここへ来た目的は、河野家の関係者のいる前であなたにお腹の子を認知させることだった。あなたは広間で西浦さんを目にして、そのことにすぐ思い至ったでしょう。そこで多田さんやご家族の目を盗み、たぶん照明が消えていた隙を狙って近付き、内密の話し合いを持ちかけたんですね。危ない橋ですが、無視すれば、この広間か、解放されてからのインタビューで何を言い出すかわからない。何とか宥めておく必要があったんです。奥様がこの会合に来ておられなかったのは、幸いでしたね」

だが依志延の自宅の電話番号を持っていたということは、ここでの話し合いが決裂したら夫人に話をぶつける気だったのかもしれない。或いは、そう言って依志延を揺さぶったか。

中谷夫妻、特に夫人の方が、軽蔑の視線を依志延に向けた。続けて、ちらりと自身の夫にも。中谷氏には浮気の過去があったようだな、と上坂は内心で苦笑したが、今それはどうでもいい。

「兄貴、そんなことやってたんか」

いきなり、依幸が叫ぶように言った。

「普段は俺のこと、さんざん能無しみたいに言いやがって、自分はどんだけアホなこと……」

「お前は黙っておれ！」

依志輔が怒鳴った。一瞬、依幸の目に憎悪のような炎が湧いた。が、それ以上逆らうようなことはなく、歯軋りするようにして黙った。この一家での依幸の立場が、明確にわかったような一幕だった。同時に依幸の胸の内には、かなり鬱積したものがあることも上坂は感じ取った。だが今はそこに構ってはいられない。先へと話を進めた。

「西浦さんはお腹の子のために財産分与を狙ったんでしょうが、あなたとしては簡単に受け入れられませんよね。撥《は》ねつけたか、手切れ金で済まそうとしたか、そんなところでしょう。でも、それで済んでいれば殺人事件など起こらない。西浦さんは提案を拒否し、あくまで認知するか、手切れ金の大幅増額を求めて別のカードを切ったんじゃありませんか」

依志延の肩が、びくんと動いた。やはり図星のようだ。

「どんなカードを持っていたんですか」

中谷が聞いた。上坂は、想像できると思いますが、と中谷を見る。

「依志延さんは西浦さんのいる店で何度も飲み、土地の不正取引で大儲けする企《たくら》みを話し合っていたんですよ。徳島は決して大きな町ではありませんから、ある程度の地位がある人なら、今日あの人は誰とどこそこの店で飲んでいた、という話がすぐに伝わってしまいます。大阪なら、人目を避けることができる。それで西浦さんの店を会合場所に使ったんですが、おそらく西浦さんは話し合われた内容を聞いていた。強請《ゆす》りのネタにできると踏んだんでしょう。そして布団部屋で強請られたあなたは、逆上して西浦さんの首を絞めた。違いますか?」

この部分は、今のところ推測に過ぎない。だが上坂は、大きく間違ってはいないと確信していた。依志延は何も答えないが、膝で握りしめた手に、さらに力が入ったようだ。中谷も長田も新木たちも、じっと依志延のその姿を見つめている。依幸も、さらに軽蔑を深めた顔つきで兄を睨んでいる。河野家の取り巻きにさえ、呆れたような目を依志延に向ける者がいた。

「母親というのは、子供のためならどんなことだってするから」

中谷夫人がぼそりと言った。西浦に同情しての言葉だったはずだが、これを聞いた依志延が爆発した。

「何が子供のためだ！」

中谷夫人が、驚いて体を引いた。

「あの女、新地《しんち》に店を出すからその資金を寄越せ、と言いやがった。何千万って金だぞ。子供のためなんかじゃない。全部自分のためだ。幾ら俺でも、そんな金なんか出せるか」

依志延は、一気にまくし立てた。自白も同然だったことに気付いたときは、もう遅かった。

「この大馬鹿が！」

依志輔が一喝し、依志延の横っ面を殴り飛ばした。依志延は、無様に畳に転がった。

「女ごときにいいように振り回されおって。恥を知れ」

女ごとき？　中谷夫人の顔に朱が差した。それを宥めるように、中谷が口を開いた。

「子供のためじゃないとあんたは言うが、違うんじゃないか。子供を大学までやろうとすれば、それなりの額の安定した収入が要る。それを確かなものにしたくて、店を出す資金を求めたんじゃないのか。僕はそう思うがね」

依志延は、頬を腫らしながらぼうっと中谷を見ている。依志輔は、それが何だという目付きで中谷を見返した。この二人に、中谷の言葉は響かなかったようだ。名家として君臨してきた中で、女を踏みつけにすることに痛痒《つうよう》を感じてこなかったのだろう。上坂にはそんな風に見えた。

「呆れたもんやな。ボンボンは、我慢ちゅうことを知らんようや。あっさり自白するとはな」

多田が依志延を見下ろして嘲笑した。自ら墓穴を掘ったことに、大いに満足している様子だ。が、依志輔は負けを認めていないようだった。

「おい、貴様」

依志輔は、上坂に向かって言った。

「好き勝手を言っておったが、それで勝ったつもりか。全部お前の頭の中で考えただけで、確たる証拠など何もないやないか。それで儂らをどうこうできると考えるなどと、思い上がるんやない」

何だと、と多田が銃を向けようとした。上坂はその腕を抑え、今言われてるのは俺のことだから、と下がらせて依志輔と向き合った。

「あのう河野さん、どうも警察の捜査にお詳しくないようだから申し上げますが、証拠など幾らでもありますよ」

依志輔の目尻がまた上がり、恫喝《どうかつ》するような目を上坂に据える。だが、ついさっきより自信が揺らいでいるのが見て取れた。

「大阪府警は西浦さんの店から証言を得ています。坂東もここまで追い込まれたら、全部自供するのは時間の問題でしょう。まあこれは、動機に関する傍証ですが、我々が解放されたら、ここにはすぐ鑑識が入ります。依志延さんは手袋をしていたわけでもないし、現場を掃除する時間的余裕もなかった。布団部屋と配膳エレベーターを調べれば、依志延さんの指紋が間違いなく採取できるでしょう。いずれも、通常なら依志延さんが入り込む理由のない場所です。その他細かいことは省きますが、警察の鑑識能力を侮っちゃいけません。容疑者が特定できている状況で証拠を固めることなど、造作もありませんよ」

滔々《とうとう》と述べ立ててやると、依志輔は歯軋りするようにして上坂を睨んできた。だが、反論は思い付かないようだ。代わりに、尊大な口調で言った。

「好きにしろ。たかが女一人のことで、この河野家が潰せるとでも思うのか」

本気なのかな、と上坂は思った。虚勢かもしれないが、中谷夫妻も長田も、ほとほと呆れたという表情で依志輔を見ている。依幸は、そりゃあ駄目だよとばかりに、依志輔にせせら笑いのようなものを向けた。まるでこれまで頭を押さえつけられていた鬱憤が吹き出しているかのようだ。依志武は、どう反応すべきかわからないのか、無表情でいる。

「そのお言葉、マスコミの記者連中相手に言ってやったらどうです。受けますよ」

その通りだと、多田が嗤った。依志輔は、まだ怯《ひる》まない。

「記者風情が何や。何を書こうと、潰してやる。儂を誰だと思っとるんや」

「そりゃ無理でしょう」

上坂は笑みを浮かべて首を振った。

「全国の目を集めてる大事件なんです。あらゆるマスコミが殺到して、あることないこと書きまくりますよ。今のような発言をしていれば、それを全部敵に回すことになる。まあ、永《なが》田町《たちょう》か警察のトップに太いパイプでもあればまた違ってきますが、こう言っては失礼ながら、あなたは田舎の名士の一人にすぎない。池田町に合併される前のあなたの村のような狭い地域の中では大いに力があったかもしれませんが、東京大阪のマスコミ相手じゃ、象に踏まれる蟻《あり》みたいなもんです」

依志輔のこめかみに青筋が浮いた。が、同時に顔全体も青ざめていた。依志輔も、頭では上坂の言う通りだとわかっているようだ。それでも最後まで、意地は張り通すつもりなのだろうか。

「踏みつけにされる者の気持ちは、自分が踏みつけにされて初めてわかる。あんたもせいぜい学び直すんやな」

多田が真顔になって依志輔に言った。その脇で依志延は、俯いたままただ全身を震わせている。

二日目　一〇：三〇

「そうですか。やはり依志延の犯行でしたか」

上坂からの電話を受けて、藤本はほっと安堵の息を吐いた。犯人はほぼ予想通りだったが、数時間のうちに一人で手口を明らかにし、一気に追い詰めた上坂は、さすがだった。

「助かりましたよ。立てこもりが終結しても、殺人事件が解決するまで人質になっていた人たちを拘束するという事態は、何としても避けたかったですからねえ」

そんなことをすれば、マスコミから非難の矢面に立たされるのは徳島県警であり、藤本自身だった。上坂には一杯奢《おご》る程度では済まんな、と藤本は胸の内で呟いた。

「依志延は、自供したんですね。拘束されていますか」

「ええ、ほぼ自白しています。拘束はしていませんが、ここに居る限り事実上拘束されているのと同じですから」

「確かに。皮肉なもんですな」

「あ、多田が代われと言っています」

ほんの少し間が空いて、多田の声が響いた。

「俺や。心配せんでも、依志延は逃がさん」

「別に心配はしとらんがね」

苦笑しそうになるのを抑えて、藤本は言った。

「どうだ。坂東を晒し者にして、依志延も捕まえた。これでもう、君の目的は達したんじゃないか。そろそろ人質を解放して、投降したらどうだ」

スピーカーから、ふふっと笑い声が漏れた。

「依志延が自分で墓穴を掘ったのは、ボーナスみたいなもんや。まだ仕上げがある」

「仕上げとは？」

「三時のTYBニュースに電話で出演する」

指揮所の一同が、目を丸くするのが見えた。

「君が直接、テレビの番組に出て話すというのか」

何のために、と問うと、多田は当然だとばかりに言った。

「坂東と依志延は、俎板《まないた》に乗った。けどなあ、河野家自体はまだそのままや。連中が今までどんな風に人を踏みつけにしてきたか、俺の口から全国に知らせてやる」

「それなら、放っておいてもマスコミがやってくれるぞ」

あまり警察が言うべき台詞ではないと思ったが、多田の矛を収めさせるのが先決だ。だが多田は、承服しなかった。

「マスコミを通すと、話を好き勝手にいじられる。俺が生で説明することが大事なんや」

「それは……君のお母さんのことなのか」

一瞬だが、絶句する気配があった。よし、もう一歩踏み込むか、と藤本は思ったが、その前に多田が言った。

「全部調べてあるようやな。まあ、当然か」

多田の口調が少し変わり、溜息のようなものが聞こえた。

「だからこそ、俺が話す必要がある。死んだお袋を晒し者にする気はない。他に被害に遭った人が何人もおるしな。とにかく、手配しろ。三時のニュースやぞ」

そこで電話は切れた。中川が時計を確かめる。

「四時間半、ありますな。さすがに正午のニュースは間に合わんと考えたんでしょうか」

「その辺は計算してるさ。しかし、奴は仕上げと言った。これが最後の要求なんだろう」

希望的観測かもしれないが、間違ってはいるまいと藤本は思っていた。それ以上立てこもりを引きのばしても、多田に益はないはずだ。

「要求通りにしますか」

「ああ。ここまでくれば、同じだ」

藤本は本部への電話を取った。

二日目　同時刻

「自分でテレビに話すんだって？」

電話を切った多田に、上坂は驚きを隠さずに言った。

「そうまでする必要があるのか」

「あいつのことも、言ってやらんと不公平やろ」

多田は依志輔に向かって顎をしゃくった。依志輔は睨み返したが、以前ほどの目力はなかった。倅が殺人犯になったことで、さすがに打撃を受けているのだろう。上坂は多田に近寄り、小声で釘を刺した。

「危険もあるぞ。生放送で流れるとしたら、言葉の選び方一つで全国に同情されるか敵視されるか、結果が分かれてしまう。マスコミってのは、両刃《もろは》だ」

「そのぐらい、承知しとるわ。俺は坂東みたいなアホと違う」

多田は軽く言ったが、目付きを見ると、言い方ほど気楽には考えてはいないようだ。勝負どころ、とわきまえているのか。ならばこれ以上言うことはない、と上坂は黙ろうとしたが、敢えて言ってみた。

「じゃあその、提案だが」

「何や」

「その起爆スイッチ、切らないか。もうここまで来たら、銃だけでも用が足りるだろう。何かの間違いで発火したりしたら、大変だ」

多田の表情が、たちまち険しくなった。

「調子に乗るな。最後まで手を緩める気はない」

「そうか。わかった」

上坂はすぐに引いた。殺人事件の解決で多田も軟化したと思ったのだが、残念ながらそううまくは運ばなかった。

「あの、よろしいでしょうか」

ふいに新木が口を出した。

「実は、ちょっと雨の方が心配になってきまして。道路の向かい側の斜面からこの奥にかけて、一度崩れたことがあるんです」

えっ、と中谷が青くなった。

「土砂崩れですか。また起きるかもしれないと？」

「もちろん、すぐ危険とは申しません。崩れたのは百年も前ですし」

百年前、と聞いて、中谷はほっとしたようだ。

「何度も崩れたんではないわけだ」

「そんなにしょっちゅう崩れる場所なら、旅館はやっていけません」

新木が安心させるように笑う。

「でも、念のため様子を見ておいた方がいいかと思いまして」

新木は多田に向かって言った。多田は眉間に皺を寄せる。

「外を見てきたい、ちゅうことか」

「はあ。無論、お客様を置いて逃げたりはしませんが」

ふむ、と多田は窓の方に目をやった。雨は小降りになったかと思えばまた強まることを繰り返し、天候が回復する気配はない。台風はまだ山陰沖にいるはずだ。それに雨が止んだとしても、地盤には大量の水が溜《た》まっており、それがいつどこで土砂崩れを引き起こすかは、予測できなかった。

「安全かどうか、見てわかるもんなんか」

「正直、何とも言えません。しかし放ったままでは気になりますので」

皆の目が、多田に集まった。今のやり取りで急に雨の方が気になりだしたのか、見に行かせてほしい、と目で訴えている。多田は少し考え、首を縦に振った。

「十分でええか」

それでいいと新木が言ったので、多田は電話で警察を呼び出した。

「今から十分間、ここの旦那が外に出る。雨で地盤が緩んでないか、見るためや。解放とは違うから、機動隊を近寄らせるな」

了解の返事を確認し、多田は新木に「行け」と告げた。新木はすぐに出て行った。

二日目　一〇：四五

「ああ、出て来ました。一人です。雨合羽を羽織っていて、顔はよくわかりませんが、確かに経営者の新木さんのようです」

機動隊の前線指揮官が、無線で報告した。

「よし。監視を続けろ。不用意に動くな。旅館に戻ったら報告しろ。予想外の動きがあった場合も」

言わずもがなの指示だが、指揮官は了解と応答した。

「こうなってくると、本当に多田より土砂崩れの方が危険な気がしてきました」

沢登が眉を下げて言った。

「天気予報はどう言ってる」

藤本が大声で聞くと、鈴原が振り返って答えた。

「台風自体は衰えていますが、雨はまだ降るようで、本格的な回復は明日以降です。四国島内で、総雨量が二千ミリに達するところが複数出そうです」

専門家ではないので、二千ミリがどれほど凄いのかピンとこなかったが、あまり耳にする雨量ではないことはわかった。ちょうど島倉署長が傍に来たので、藤本は川の具合を聞いた。

「かなり増水してます。決壊したところはまだありませんが、留守を守っている署員と消防団が総出で警戒しています」

そちらの方も、昨日から緊張が続いているはずだ。人質立てこもりと重なってしまったのは、この静かな町にとって未曽有の災難かもしれない。

「何かあったら、教えて下さい」

土砂崩れに襲われてからでは遅い。早急に突入を考えなくてはならないところだが、多田も危険を認識しているのだから、そう長引かせるつもりはなかろう。やはり三時のニュースで要求が達成された時点で投降する気と見て、間違いあるまい……。

「あの、少しよろしいですか」

島倉が声をかけた。

「はい、どうぞ」

「本件に直接は関係ないかもしれませんが、過去の記録を念のため調べていた警務課の者が、こんなことを見つけまして。人質の関係です」

人質の、と聞いて藤本は耳を傾けた。が、聞いてみると少しあやふやで、今すぐ調べるべきものとは思えなかった。

「頭に置いておくべきかもしれませんが、今は余裕がない。必要になれば、後で調べましょう」

「そうですな。わかりました」

島倉も、それ以上こだわる気はないようだった。署員も頑張っています、というアピールなのかもしれない。そこでちょうど、機動隊指揮官から雨合羽の人物が旅館内に戻ります、と無線連絡があった。藤本は目の前のことに注意を戻した。

第九章　襲い来る災厄

二日目　一一：〇〇

大広間に戻って来た新木は、雨合羽と長靴で外に出たはずだが、ズボンはぐっしょり濡れ、前髪から水滴が落ちていた。雨足はまた強まっているようだ。

「どうでしたか」

上坂が聞くと、新木は頷きながら「大丈夫のようです」と答えた。

「足元が緩んでいたり、崖の一部が崩れたりといったことはありません。今すぐどうこうはないと思います」

よし、と多田が膝を打った。

「みんな聞いたろ。安心しとけ」

一同はそれぞれに顔を見合わせたが、安心、とまでは行かなかったようだ。新木が点検に出たことで、忘れていた危険を改めて思い出したかのようであった。

「その、やっぱりここを出た方がいいんじゃ……」

恐る恐る、という様子で長田が言った。それを多田が銃を振ることで黙らせた。

「今、安心せえと言うたばっかりやろうが。何も起きやせん」

その断言に皆が納得したようには見えなかったが、敢えて逆らう者はいなかった。

「あのう、別の話で一つご提案が」

新木が一人一人の顔を見ながら、突然言い出した。多田の顔つきが歪んだ。

「やっぱり危ないから、もう解放せえ、と言うんやないやろな。それとも、あんたも起爆スイッチを捨てろちゅうんか」

「いえ、そういうことでは」

新木は慌てて顔の前で手を振ってから、ずっと俯いて座り込んだままの依志延に目をやって、言った。

「依志延さんに、別室に移っていただいたらどうかと」

「別室に移す？」

多田と依志輔と依志延が、同時に驚いたように新木を見た。代表するように多田が聞く。

「何でや」

「はあ、その、やはり人を殺した方と一緒にこうしているのは、お客様方が落ち着けないのでは、と思いまして」

それを聞いて、中谷がはっと気付いたかのように目を見開いた。

「そうだ。その通りだ。殺人犯がすぐそばにいるのは良くない」

その言葉に、中谷夫人がその通りですと賛成し、依志延に怪物でも見るような怯えた目を向けた。依志延は、上坂に犯行を暴かれてから初めて、声を上げた。

「な、何だよ。俺がまた人を殺すとでも言うのか。俺はなぁ……」

「黙れ！　何も喋るな」

依志輔にまた怒鳴られ、依志延は唇を噛んだ。

「あ、あの、社長を別室にと言うと、どこへ。二階の客室ですか」

井口がおずおずと聞いた。まだ依志延を気遣っているような言い方だ。

「いえ、ここの客室は如何なものかと」

新木が言った。それは当然だ、と上坂も思い、口を挟んだ。

「客室は内側から鍵の開け閉めができるので、出入り自由です。みんなの目から離れることで、逆に証拠隠滅を行う危険が出てきます」

どこに証拠が残っているかは上坂が説明してしまったので、こっそり指紋の拭き取りなどを行う可能性が、ないとは言えなかった。河野家の面々は、それに気付いても見て見ぬふりをするか、協力さえしかねない。依志延が動き回るのを許すわけにはいかなかった。

「旧館はどうでしょう」

新木が言った。

「あそこなら、渡り廊下の鍵はこちら側からしか開閉できませんので、一日向こうに入ればこちらの本館には来られないようにできます」

「旧館は閉めているのでは」

井口が聞くと、新木は「開ければいいだけのことです」と返した。木造の旧館は多客期以外使用せず、今日も閉めていたのだが、掃除はしてあるという。

「旧館の玄関は使用していないので南京錠《なんきんじょう》がかかっていますし、谷側は崖から張り出す形ですので、部屋の窓から飛び降りることも、今日の天気では無理です」

「けど、道路側にも窓はあるやろ。あれは中から開けられるんやないのか」

多田が確かめると、新木はそうだと答えた。

「でも、道路側に出ても警察に囲まれているわけでしょう。警察はもう、依志延さんが犯人だと知っていますから、逃げようがありません」

新木の説明に、多田からの反論はなかった。

「皆さん、それでよろしいですね」

新木は確認のためか周りを見回し、最後に依志輔に目を止めた。河野家当主が、何か異論を挟むかもと思ったようだ。

依志輔は、じろりと新木を見つめ返した。その視線にたじろいだのか、新木が目を逸らした。だがそれだけで、依志輔は何も言わなかった。

「くそっ、何で俺が……」

当の依志延だけが、怒りの形相を表した。が、依志輔を含む多くの視線に射すくめられ、仕方なく黙った。

「よし、そんなら旦那とあんた。このどうしようもない奴を旧館に連れて行け」

多田は新木と上坂を指名した。上坂は驚いて自分を指す。

「俺も？」

「あんたが奴を犯人と見破った。連行する役目も、当然やろ」

最後まで面倒見ろ、と言われ、上坂は仕方なく立ち上がると、依志延の腕を取って立たせた。依志延は歯軋りして上坂と多田を睨んだが、抵抗はしなかった。上坂は新木と一緒に依志延を両側から挟み、廊下に出て西の端にある旧館の渡り廊下へ向かった。

渡り廊下の手前で、布団部屋の前を通った。依志延は、一瞬肩をぶるっと震わせ、犯行現場から目を背けた。こいつの胸でも、後悔が渦巻いているのだろうかと上坂は思った。

本館から渡り廊下への扉は、すりガラスの入った金属製だ。シリンダー錠を回し、廊下に入る。本館より壁も屋根も薄いので、雨音が大きくなった。カーペット敷きの廊下を五、六メートルも歩くとすぐ旧館だ。そちらの扉は木製の引き戸で、新木が鍵を出して南京錠を開けた。

旧館は雨戸が閉まっているため、暗かった。閉め切られた部屋独特の黴臭《かびくさ》さが、微かに鼻をついた。客を入れるときは、一旦窓を全開にして換気をするのだろう。

「ここでよろしいかと思います」

新木が手近の客室を解錠し、中に入って雨戸を開けた。部屋は十畳間だが洗面やトイレがない分、本館の客室より若干狭い。

「こちらを使って下さい。トイレは廊下の先にあります」

依志延は不貞腐《ふてくさ》れた顔で、隅に積んである座布団を引っ張り出すと、その上に胡坐をかいた。灰皿を引き寄せて煙草に火を点けた後は、こちらにはもう見向きもしない。上坂は新木を促し、部屋を出た。

渡り廊下に出てから、上坂は新木に囁いた。

「あそこで閉じ籠ってもらうのも、数時間でしょう」

おや、と新木が眉を上げる。

「すると、やはり三時のニュースに出た後で、解放ということですか」

「多田はおそらくそのつもりです。それ以上引っ張っても意味はない。警察もそう見ているると思います」

そうですか、と新木は本館の扉の前に立って言った。

「それにしても、ここまでのことをしなくてはならなかったんでしょうか」

「さあ。多田が思い詰めた事情は、私には何とも」

「何だか残念ですねえ。もともと悪い人ではなさそうなのに」

新木はだいぶ多田に同情的になっているな、と上坂は思った。

二日目　一一：三〇

「河野依志延と坂東の逮捕状が出た」

電話の向こうで、刑事部長が言った。さすがに今回は仕事が早いな、と藤本は皮肉な笑みを浮かべた。東京のテレビ局まで巻き込んでいるのだから、手間をかけていては全国から非難されてしまう。

「坂東は、傷害の方ですか」

「そうだ。贈収賄については、二課がまだ証拠固めの途中だ」

先に傷害で身柄を押さえてしまえば、その調べも一気に進むさ、と刑事部長は話す。

「後は立てこもりの方だ。そっちも無事に片付けて多田を逮捕すれば、要求に従いすぎだと非難されることもないだろう」

抜かりなくやれよ、と部長は言外に念を押した。

「やっぱり三時のニュースが最後の節目か」

「ええ。東陽テレビは了承したんですよね？」

「大丈夫だ。これで三度目だし、連中は生のニュースを独占できるんで、むしろ大喜びさ」

部長の苦笑が電話越しに聞こえた。

「それが済めば、多田は投降すると考えます」

「こちらでもそう思っている。しかし、逃走手段を要求するなどして粘ったら？」

「それに備え、突入も準備しています。ガソリン缶のことはありますが、長引くと、人質の疲労だけでなく雨による災害も心配されますので」

「わかった。その判断は任せる」

部長は、頼むぞとまた言って電話を終えた。藤本は、ふっと溜息をついた。こちらの考える通りなら、解決まではあと三時間ほどだ。だが、間断ない雨の音と一緒に、藤本の背中にうっすらと寒気のようなものが忍び入った。果たして本当に、思惑通りにいくのだろうか。

二日目　一二：三〇

依志延を旧館に移してから、河野家の関係者たちはひどく静かになった。それまでも会話が多かったわけではないが、一時間以上経っても誰も口を開こうとしない。依志輔も唇を引き結んだまま、ずっと正座していた。

無理もないか、と上坂は思った。昨日までは、旧地主というだけでなく事業経営者として、名望を得ていたのだ。それが今や、跡取りが殺人と不正取引で告発される当事者に成り下がり、代々築いてきた家の土台があっという間に崩壊してしまった。その衝撃を受け止めるのは、まず困難だろう。

多田はそこに追い討ちをかけようとしている。さっきの警察との電話の様子からすると、過去にも多田と河野家との間に因縁があるようだ。どうしようかと思ったが、思い切って多田に話しかけた。

「なあ、これまでに河野家との間に何があったんだ」

多田がむっとしたように顔を向けた。が、黙れとは言わなかった。

「次は依志輔さんを標的にするんだろ。あの爺さんにも恨みがあるのか」

「あいつに恨みのある者は、大勢おる」

多田がぼそっと言った。依志輔にも聞こえただろうが、反応はなかった。

「さっきの電話で、お袋さんの話が出ていたようだが……」

「その話は、今はしとうない」

多田は上坂を強い口調で遮った。

「できれば今すぐにも、こいつで燃やしてやりたいところや」

多田が首から提げた起爆スイッチをいじりながら言った。上坂は慌てて制する。

「冗談でもそんなことは言わんでくれ」

多田は、馬鹿にしたような目で上坂を見返した。

「わかっとる。次のニュースのとき、全部話す。それまで待っとれ」

思った通りの答えではあった。だが、知りたいことは他にもある。

「積み重なった恨みを晴らそうというのは、わかった。しかし、何で今、行動に出たんだ。坂東が国会に出て、依志延たちの力がさらに増すのを止めるためか」

「そうや。そんなこと、見過ごしにできるか」

「それはそうだろうが、他にやり方はなかったのか。仇《かたき》を潰すために自分まで重罪を犯すことはないだろう」

「俺なんかが声を上げたところで、誰が聞くんや。俺自身、告発できるほどの証拠を握っとったわけやない」

確かに、多田が使えるような証拠を残しておくほど、坂東も依志延も抜けてはいないだろう。だが、もし多田が西浦晴美の存在を知っていたら、こんな事件を起こさずともできることはあっただろうに。事件を起こしたおかげで二人が顔を合わせた、というのは何とも皮肉な話だった。

「兄貴の誘いを受けて、会社を手伝ってりゃ良かったんやろうな」

多田が初めて、後悔のようなものを漏らした。多田は兄の会社に入らず、大阪で働いて自分の道を行くことを選んでいたようだ。自分が傍にいれば兄の難儀を救えたかもしれない、と改めて考えているのだろうか。

「それで、河野家のごく近い関係者が集まるこの機会を狙ったわけか」

ふん、と多田が鼻で嗤った。今さらわかり切ったことを聞くな、と言いたげだ。

「しかしあんた、この宴会があることをどうやって知ったんだ」

多田の眉が動いた。

「何が言いたい」

「それは……」

そのときだった。地鳴りのような音が響き、建物全体が揺れた。

二日目　一二：五〇

激しい振動と轟音に、指揮所の誰もが顔色を変えた。

「何だ、今のは！」

中川が叫んだ。だが、答えはほぼわかっている。

「最前線の機動隊を呼べ！」

藤本が怒鳴り、沢登が無線に飛び付いた。が、こちらから呼ぶ前に上ずった声が聞こえて来た。

「土砂崩れです！　前方すぐ先で左の山肌が崩れ落ちました」

無線の向こう側で、下もだ、という叫びが聞こえた。藤本はマイクをひったくった。

「道路の下側も崩れたのか。巻き込まれた者はいないか」

「はい、こちらは無事です。道路下の川沿いの崖も崩れたようですが、まだ確認できていません。前方もまだよく……」

「かずら館は無事なのか。充分注意して確認しろ」

「わかりました。前進します」

了解と応じて無線を置くと、受話器を取ってかずら館をダイヤルした。が、応答はない。

「電話線が切れたかもしれません」

中川が言った。電話線は道路沿いの電柱に架設されているので、土砂崩れで電柱が倒壊して断線したことは充分考えられる。

「まずいな」

これでは、かずら館との連絡手段が失われたことになる。当然、多田の要求するテレビニュースへの電話出演もできない。電電公社に連絡を、と言いかけたが、修理を頼んだところですぐには無理だろう。

そこで無線機が再び鳴った。

「三〇《さんまる》より指揮所。前方確認できました。かずら館の本館は無事のようですが、手前側の旧館が押し潰されたようです。川の方に向かって崩落しています」

旧館が潰れた？　藤本はテーブルに広げられている図面を見た。旧館は本館と渡り廊下で繋がっているが、建物は独立している。今の報告に間違いがなければ、本館に被害は及ばずに済んだのだろう。取り敢えず、人質は無事だ。藤本はほっと胸を撫で下ろした。

「電柱が倒れているのも確認できます。電話線、送電線とも断線しています」

続けて報告が入る。中川が眉根を寄せた。

「こっちの仕掛けた偽の停電が、本物になってしまいましたな」

つまり、こちらの手で電気を復旧させることはできなくなった、ということだ。藤本は苦い顔をした。大自然の脅威のおかげで、こちらの選択肢が次々に失われていく。

「取り急ぎ、この状況を本部に伝えてくれ」

中川が了解して、電話を摑んだ。幸い、指揮所の旅館から町の方への電話線はまだ無事なので、ここから外への連絡はできる。かずら館と、そこから奥の集落の電話だけが不通になっていた。

「他の地区では今のところ、災害の報告はありません」

署に電話していた島倉が言った。それに頷いたところで、外にいた広報担当官が雨のしずくを垂らして飛び込んできた。

「今のは何です。土砂崩れじゃないかと記者連中が騒いでます」

「ああ、土砂崩れだ。多田が立てこもっている本館は無事だ」

「それ、マスコミに伝えて構いませんか」

「構わん。どのみち隠してもおけん」

広報担当官は、再び雨の中に駆け出して行った。

「管理官、まだ雨は止んでません。もう一度土砂崩れが起きないという保証はありませんよ」

機動隊の隊長が進み出て、言った。その顔つきを見れば、言わんとすることはすぐにわかる。

「突入すべきだと言うのか」

隊長は、そうですとばかりに大きく頷いた。藤本は、少し逡巡《しゅんじゅん》した。土砂崩れの再発の危険性がどれほどあるかは、専門家ではないので判断できない。だが無論、危険はゼロではない。それに、テレビへの電話出演が無理になったことで、多田がどんな行動に出るかがわからなかった。既に目的の大きな部分を達成しており、自暴自棄になる可能性は低い。だとしても、連絡手段も失って出方が探れなくなった以上、ただ座して投降を待つわけにもいかない。

「よし、準備してくれ。土砂崩れの状況をまず調べて、支障なく突入できるか確認を」

当然です、と隊長は応じて、さっと身を翻し、部下に必要な指示を飛ばし始めた。

二日目　同時刻

大広間の全員が、凍り付いた。中谷夫妻は、今にも天井が崩れてくるかと真っ青になり、河野家の人々は呆然と座り込んだまま、目をあちこちに動かしている。依志輔さえも、蒼白になっていた。依志武と依幸は、ぽかんとして固まっている。こんなことが起きるわけがない、と自らに信じ込ませているかのようだった。

　真っ先に我に返ったのは、多田だった。

「あれは土砂崩れか！」

　新木に向かって大声で問う。新木も半ば呆然としていたが、気を取り直して答えた。

「そうです。旧館の西側の山肌が崩れたようです」

「あんた、見回って大丈夫やと言うたろうが！」

　多田が怒鳴りつけた。新木は首を竦めて泣きそうな顔になる。

「申し訳ありません。ただ、土砂崩れに関しては私も素人なもので、見た感じで大丈夫そうだと思ったんですが」

「何が見た感じや。全然外れたやないか」

　詰め寄られ、新木はもう一度詫びた。が、続けて言った言葉に全員がぎくっとした。

「あの、それより、旧館の方が……」

　あっと上坂は飛び上がり、多田に断りもせずに廊下を走り出した。渡り廊下の扉に飛び付くと、半ば震える手でシリンダー錠を回し、一気に扉を開けた。そして、目の前の光景に立ちすくんだ。

　渡り廊下は、真ん中辺りで土砂に押し潰されていた。その向こうは見えないが、屋根がなくなっているので、土砂の上に登れば旧館の状況が見えるはずだ。上坂は、土砂の山に右手をかけた。

「危ないですよ」

後ろから新木の声が飛んだ。多田に、上坂を追って旧館の様子を見て来るよう言われたという。

「まだ崩れるかもわかりませんし、足元も緩くなっています。そこに溜まった土砂が下の方へ崩れ落ちたら、川に転落しますよ」

それを聞いて、上坂は谷側を見た。土砂は壁や屋根の残骸と共に、川に向かって落ち込んでいる。川は相変わらずの濁流で、落ちたらひとたまりもない。上坂は背筋が凍った。

しかし、ここで立ちすくんでいても仕方がない。

「とにかく、向こう側を確かめます」

上坂は新木の制止を聞き流し、土砂によじ登った。水を含んだ土砂は崩れやすく、足をかけてもなかなか安定しない。折れた柱を摑んで身を引き上げ、さんざん苦労して向こう側が見える高さまで這《は》い登った。

目に入ったのは、泥に埋まって瓦礫《がれき》と化した旧館の建物だった。落ちてしまった屋根がすぐ前にあり、それも手前半分はばらばらになって、屋根瓦が土砂の上に散乱している。二階建てだったのに、柱が全部折れて一階も二階も一緒に土砂に埋まっていた。土砂は谷へと流れ落ち、建物の一部も道連れにしたようだ。旧館の基礎部分が、激しい水流に抉《えぐ》られていたところを土砂の圧力を受けて崩壊したらしい。

あまりに凄惨な状態にしばし唖然としたが、なんとか気を取り直して新木に告げた。

「旧館は、完全に潰されています」

新木が肩を落とした。充分予想できたはずで、驚きはなかった。

「では、依志延さんは……」

上坂はかぶりを振った。

「これでは確かめようもありませんが、まず絶望でしょう」

新木は俯き、大きく溜息を吐いた。

「私が、旧館へ移ってもらいさえしなければ」

「それを言っても始まりません。自然災害なんですから」

上坂の言葉は慰めにならなかったようだ。新木は背を丸め、肩を震わせて旧館の残骸に向かって両手を合わせた。

「これが天の意志ということなんでしょうか……」

小さな呟きが、新木の口から漏れた。

大広間に戻り、見たことを全員に告げた。恐れていた通りだったことに、誰もが色を失った。

「依志延は、埋まってしもうたんか」

多田が確かめるように聞いた。上坂は、そう思うと言うしかなかった。河野家の人々から、呻《うめ》き声《ごえ》と溜息が聞こえた。

「あいつ、裁判を受ける前に神様の裁きを受けたんか」

多田も嘆息し、先ほどの新木の呟きと似た言葉を吐いた。

「何の償いもせんうちに死んでしまうとは、なあ」

多田の言い方は、いかにも残念そうだった。上坂は依志輔の様子を窺った。今の言葉に激昂するかと思ったのだ。

意外なことに、依志輔は静かだった。膝で拳を握りしめ、瞑目《めいもく》するように動かない。倅の不慮の死を悼み、じっと耐えているのか。

いや、違うかもしれないと上坂は思った。河野家の当主たる依志輔の思いとしては、どうだろう。いみじくも多田が言ったように、依志延は法廷に引き出されてマスコミの晒し者になることなく、済んだのだ。倅と河野家が究極の不名誉を味わうより、依志輔にとってはこの方が良かったはずだ。この意外な結末を、天が味方してくれたと解しているのではないだろうか。

突然、甲高い笑い声が響いた。全員が、ぎくりとする。

「ははっ、ザマぁないわ。兄貴にふさわしい最期やないか。これで終《しま》いや。この腐った家は、もう終いや」

依幸だった。周りが唖然とする中、天井に向かって狂ったように声を上げ続けている。

「いい加減にせんか！」

怒鳴り声と共に、じっと座っていた依志輔がやにわに動いて、依幸を殴り飛ばした。畳に転がされた依幸は、そのまま起き上がることもなく大の字になったまま、半泣きのような顔で「終いや、終いや」と呟き続けていた。依志武は呆然としてただこの様子を眺めている。依志輔は無言で顔を背けた。

一同はしばし固まっていたが、最初に多田が気を取り直した。

「起きたことは仕方ない。奴が死んだと知らせておく」

多田は受話器を取り上げ、耳に当てた。そして顔を顰める。何度かフックを叩き、苛ついた様子で受話器を置いた。

「電話が通じん」

あ、と上坂は内心で舌打ちした。それも考えておくべきだった。

「今の土砂崩れで、電話線が切れたんだと思います」

新木が言った。全員の顔に困惑が広がった。

「こっちからも警察からも、連絡できないということですか」

長田が聞くと、その通りですと新木は答えた。

「てことは、テレビに出る話も……」

長田が言いかけると、多田は顔を歪めた。

「クソめが！　最後になって、何や」

苛立ちも露わに、多田は銃の台尻を畳に打ちつけた。井口と依幸が、びくっと身を竦める。力が入るあまり、起爆スイッチを押してしまわないかと誰もが青ざめた。

上坂は、多田の肩にそっと手を伸ばした。

「潮時じゃないかな」

「何やと」

多田が目を怒らせて振り向いた。上坂はできるだけ穏やかに話す。

「今度の要求が実行できなくなったからには、もうこの辺で手仕舞いにしちゃどうだ」

「投降せい、と言うてるように聞こえるが」

上坂は否定せず、黙って多田の顔を見た。多田は上坂を見返したが、ふん、と鼻を鳴らす。

「そうはいかん。まだこいつの始末が残っとる」

多田は顎で依志輔を指した。依志輔はこちらを見ようともせず、無視している。

「こいつが戦前から今まで、何をやってきたと思う。東京者のあんたには想像もつかんかもしれんがな、こいつは人を死なせて罰せられずに済んどるんや」

　中谷夫妻と長田が、驚いて依志輔の方を見た。そうまで言われても、依志輔は無視を決め込んでいる。

「その死んだという人に、あんたは関わりがあるんだな」

　多田が唇を噛んだ。母親のことだ、と上坂は直感した。だが多田はそれ以上話そうとはしなかった。

「いずれわかる。今は話す気はない。次の手を打つ」

「次の手？　テレビ出演が駄目になったのに、まだ別の考えがあるってのか」

「もうええ。黙っとれ」

　多田は苛立った様子で、上坂の顔の前で手を振った。そのとき、遠い雷のような音が微かに聞こえて来た。何だ、というように多田を含めた皆が、緊張する。上坂はすぐに思い当たった。

「どうやら、またどこかで土砂崩れがあったらしいな」

　上坂は改めて多田と向き合った。

「土砂災害、まだ広がるかもしれんぞ。ここに居続けていいのか」

　多田は唇を歪めたが、何も言い返しはしなかった。

二日目　一三：二〇

「え？　そんなところで？　そうか、わかった。気を付けて」

　指揮所で電話を切った島倉は、藤本に顔を向けて言った。

「観光ホテルにいるうちの署員からです。ここの手前、大歩危へ通じる道との分岐点と観光ホテルの間で、また土砂崩れがあったようです」

　幸い人家の被害はないが、道路が埋まっているという。

「我々も閉じ込められたわけですか」

　中川が、困ったもんだと頭を掻きながら言った。

「いや、大歩危からの道路はまだ無事です」

　島倉が訂正し、中川は、そうでしたかと安堵の表情を見せる。

「マスコミの大方は観光ホテルで待機してますから、連中がこっちへ押しかける気遣いもなくなりましたな」

　半ば冗談のように、その点は幸いですねと言って、中川は薄く笑った。

「しかし応援も呼べん。突入するにしても、ここにいる人数で対処せにゃならんぞ」

　藤本は気を引き締めるために言ったが、実際には五十人もの警察官がいるので、問題はあるまいと思っていた。

「もうこれ以上の土砂崩れは、勘弁願いたいですね。報道では、小豆島《しょうどしま》の方が結構大変なことになってるようですし」

沢登が言った。やはり早急に片を付けた方が良さそうだ。

「管理官、よろしいですか」

機動隊の隊長が呼んだ。藤本は図面を広げたテーブルに歩み寄った。

「突入路は土砂を被《かぶ》っていますが、乗り越えるのに支障はありません。最初に検討した通り、一隊は地階の浴場脇から入ります。一階への階段は狭いので、一列で上がることになります。ロビーに達したところで、一階東側の扉を破ってもう一隊が一気に突入、両側から大広間を挟み撃ちします」

ちょっと強引ではあったが、相手は一人で銃も一挺だ。あさま山荘とは違う。だがガソリン缶はどうする。

「一階に入ってすぐ、消火剤をガソリン缶にかけます」

隊長は言ったが、それだけで大丈夫か。多田が突入に反応してスイッチを押す前に、制圧するしかないのでは。それが可能だろうか。

藤本は上坂のことを思った。彼なら、突入に気付けばすぐに多田を押さえ込んでくれるはずだ。しかしこれも、不確定要素でしかない。どうすべきか……。

それでも、藤本には確信めいたものがあった。多田は、人質全員を殺すような真似はしない。そういう男ではない。起爆スイッチは、脅しだけかもしれない。いや、きっと……。

藤本は承認の頷きを示した。

「十分後に突入する。用意にかかれ」

隊長は背筋を伸ばして敬礼すると、急いで指揮所から出て行った。

二日目　一三：四〇

遠い土砂崩れの音が聞こえてから、多田は黙りこくっていた。上坂は「次の手」について聞き出したかったが、声をかけても無視されてしまった。

本当に何か手を隠しているのだろうか。外との連絡が絶たれている状況では、できることはほとんどないはずだ。この旅館にハンドマイクのようなものがあるなら、窓を開けて外にいる機動隊員に直接要求を伝えることも可能だろうが……。

ロビーの方で、何か音がした。金属音のようだ。おやと思って耳をそばだて、同時に多田の様子を窺った。多田は気付いていないらしく、身じろぎする気配もない。だが、一番廊下に近いところにいた新木が、ロビーの方を向いた。彼の耳にも何か聞こえたのだ。上坂の背筋に、緊張が走った。

廊下の東の端で、破裂音がした。大広間の全員が、ぎょっと竦み上がる。多田が飛び上がるように立ち、銃を構えようとした。その瞬間、上坂は目の端で廊下に何かが転がるのを捉えた。

ついに来た！　何が起きるのか即座に悟った上坂は、腕で顔を覆って「伏せろ！」と叫ぶなり、後ろから多田に飛びかかった。多田が抵抗する前に手を前に回し、起爆スイッチを摑む。ほぼ同時に、廊下で白い煙が噴き上がった。たちまち視界が白煙に包まれる。多田が「くそっ」と叫んだ。上坂は起爆スイッチの紐を引きちぎり、多田から奪い取った。大広間では、ガソリン缶のあったところに白い泡が湧いた。消火剤がかけられたのだ。多田は上坂をはね飛ばし、立ち上がろうとする。

「動くな、無駄だ」

上坂は多田に怒鳴った。十人以上がなだれ込む激しい音がして、煙の間からガスマスクを付けた紺色の出動服姿が見えた。東の通用口とロビーから突入して来た機動隊員だ。あちこちで咳《せ》き込む音と、機動隊員の動き回る音が重なって、大広間はもの凄い喧騒に包まれた。

上坂は目を瞬き、多田がどうなったか見ようとした。だがそこで両肩を摑まれ、大広間から引っ張り出された。廊下に降りたとき、一瞬多田の姿が見えた。多田は畳に膝をつき、両手を上げていた。銃は畳に寝かされている。やはり発砲する気はなかったのだ。上坂は安堵し、機動隊員に抱え込まれるようにして通用口から外に出た。起爆スイッチは、上坂の手からぶら下がっている。また少し強くなっていた雨が顔にかかり、催涙弾の煙の残りかすを洗い流してくれた。

二日目　一三：四五

人質全員が外に出た頃、雨が小やみになった。皆、機動隊員から渡された雨合羽やタオルやビニールシートを頭に被っている。怪我している人はいませんかと何度も尋ねる声がしたが、手を上げる者はいない。

機動隊員の脇をすり抜け、アルミ製バッグを肩からかけた数人が、小走りに通用口へ駆け込んで行った。西浦晴美の殺害現場を検証する、鑑識班だ。遺体を収容する担架を持った者がその後に続いた。

多田は手錠を掛けられ、シャッターが下ろされたままの玄関前に出てきた。多田の顔は、旧館を押し潰した土砂崩れの方を向いている。視線の先では、河野家の人々が固まって、両手を合わせていた。その中で依幸だけは、顔に冷笑のようなものを浮かべている。

多田は数秒、立ち止まってそれを眺めていたが、両脇の機動隊員に促されて歩き出した。その胸の内にあるのは、後悔なのか無念なのか、それとも諦念なのか。表情は複雑で、上坂には何とも捉えられなかった。

上坂の前を通るとき、目が合った。多田の顔に、ふっと笑みが浮かんだ。

「いろいろ、済まんかったな」

いきなり言われて、上坂は目を瞬いた。

「いや、詫びなら全員に言ってくれ」

「ああ……まあ、そうやな。それは改めて」

多田は小さく頷いたが、通り過ぎざまに小声で言った。

「俺の次の手って何だろう、と思ってたやろ」

「あ、ああ」

今教えるというのか、と思ったら、多田は軽く肩を竦めた。

「実はな、ハッタリや。次の手なんか、ありゃあせん」

上坂は思わず吹きそうになった。

「やっぱりな。そんな気がしたよ」

多田は上坂にニヤリと笑いかけた。その顔に向かって、尋ねる。

「あの起爆装置、本物だったのか」

奪い取ったスイッチは、既に機動隊員に渡してあった。だが、あのスイッチの感触は、どうも精巧な装置とは思えなかった。

多田は上坂の目を見返した。そして大きな溜息をついてから、笑った。

「いつばれるかと思ってたが、今頃か」

上坂は脱力しそうになった。

「やれやれ、偽物か」

「ああ。ガソリンは本物やが、装置はただの子供用のトランシーバーや。雷管も手に入らんかったし、起爆用の配線なんかやり方も知らん」

呆れたもんだ、と上坂は目を回してみせた。

「すっかり騙されたな。けどなあ、あんたは無関係の大勢を殺すような人間じゃない。話してるうちにそれはわかった。だから起爆スイッチもハッタリだろうと、途中からは思っていたよ」

ほんの僅か、多田の頬が赤くなった気がした。多田は「まあ、好きに思っといてくれ」と応じると、機動隊員に挟まれて道路の方へ向かいかけた。

突然、土砂の前で悄然《しょうぜん》としていた河野家の中から、叫び声が上がった。

「お、大旦那様。どうされましたか。大丈夫ですか！」

周りの皆が、驚いてそちらに目を向けた。河野家の関係者たちに囲まれた真ん中で、依志輔が頭を押さえてうずくまっていた。上坂はぎょっとして駆け寄ろうとしたが、機動隊員が先に出て、依志輔を守るように人垣を作った。上坂の後ろから、白衣を着た中年の男が飛び出し、人垣を割って依志輔の脇に膝をついた。待機していた警察医らしい。

「聞こえますか、頭が痛みますか」

泥の上に倒れ込んだ依志輔に、医師が懸命に声をかけている。依志輔は何か言ったようだが、上坂にまで声は届かない。どうやら、自分で体を動かせないようだ。痙攣《けいれん》しているようにも見えた。傍らで依幸が、何をどうしたらいいかわからないように棒立ちになっていた。

「ありゃあ、たぶん脳卒中やわ」

後ろで多田の声がした。振り向くと、多田も足を止めてじっと依志輔を見ていた。脇を押さえる機動隊員も、無理に引っ張ろうとせず、多田と一緒にこの様子を見つめている。

「何だ、どうした」

私服姿の中年の男が、泥をはね上げながら走って来た。指揮所にいた班長か何かだろう。

「ああ、中川警部。この方、急に頭を押さえて倒れられたそうです」

医師に中川と呼ばれた私服刑事が、慌てた口調で「診立てはどうです。危険ですか」

と問うのが聞こえた。

「脳卒中、おそらくくも膜下出血です。大至急搬送しないと危険です」

「搬送って……」

中川が絶句した。

「さっきの土砂崩れで、道路は通れなくなってます。救急車は観光ホテルで待機してたので、こっちに来られません」

何ですって、と医師が目を剝いた。

「一刻も早く処置しないと、いの……」

医師が、はっと口をつぐんだ。命の危険が、と言いかけたのだが、周りの家族を慮《おもんぱか》ったのだろう。

「こっちにあるパトカーで何とか向こうの土砂崩れのところまで運んで、歩いて土砂を越え、向こう側まで来させた救急車に乗せるというのは」

「それはできますが、報告を聞いた限りでは、向こうの土砂崩れを歩きで越えるのは、かなり難しそうです」

中川が険しい表情で答えると、医師は唇を嚙んだ。

「しかし、やってみないことには……」

「あの、大歩危駅の方へ抜ける道はどうなんです。一昨年、トンネルができたでしょう」

依志武が言った。中川が「いやあ」と難しい顔で返す。

「観光ホテルからここへ来るのにあっちを回ると、四十キロくらい迂回することになります。国道三二号以外はスピードも出せないんで、一時間くらいかかってしまいますよ」

依志武は呻いたが、医師は「それしかない」と言った。

「確実な方を取りましょう。救急車に大歩危へ迂回するよう言って下さい。こっちからはパトカーに患者を乗せて走らせ、途中で出会ったところで乗せ換えるんです。急いで！」

医師に叱咤《しった》され、中川は「承知しました」と頷くと、上坂を押しのけるように道路に上がって「担架急げ！」と怒鳴った。道路にいた機動隊員が、それに応えて走り出した。

「終いや。今度こそ、本当の終いや」

突っ立ったままだった依幸が、叫んだ。

「さんざん俺を馬鹿にしてきた親父《おやじ》も兄貴も、終わりや。ざまあ見やがれ。天罰や」

「止《よ》しなさい」

見かねた様子の依志武が、依幸の袖を引いた。依幸はそれを振り払うこともなく、天に向かって笑い声を上げた。それは上坂には、泣き笑いに見えた。

ぼそっと言う声が聞こえた。多田は、機動隊員と一緒に成り行きを見守っていたようだ。

「因果なもんやな」

「依志延に続いて依志輔の旦那も、なあ。依幸の言うた通り、天の神さんの為せる業、としか言いようがないな」

上坂も、そう思わざるを得なかった。依志武が、兄は血圧が高めな以外は元気だったのに、と呟いた。その高血圧が脳卒中を引き起こしたのだ。おそらく、依志延が生き埋めになった現場を目にして受けた衝撃が、出血の引き金になったのだろう。

上坂は、ゆっくりと振り向いて多田と向き合った。

「河野家は、これで終わりだろう。あんたは満足か」

「満足？」

多田は思いもしなかったことでも聞いたような顔をした。それから、ふっと笑って小さくかぶりを振った。

「正直、わからんな」

わからん、か。この結末は、多田にとっても意外すぎたのかもしれない。

「おい、もういいだろう」

機動隊員が我に返ったように、多田の肩を叩いた。多田は頷くと、上坂に「じゃあな」と言って顔を背け、歩き始めた。崩れた土砂を越えて姿が見えなくなるまで、多田が振り返ることはなかった。

第十章　確かめるべきこと

二日目　一四：三〇

上坂が指揮所に入ると、藤本が満面の笑みを湛《たた》えて迎えた。

「いやあ上坂さん、無事で何よりでした」

藤本は警視で上坂は元巡査部長に過ぎないのだが、藤本は以前の階級に拘《かか》わらず民間の協力者として扱ってくれるようだ。上坂も笑顔で応じた。

「どうも大変お世話になりました」

「いやいや、お世話になったのはこっちです。監禁中に殺人事件を解決していただけるとは」

お会いするのは五年ぶりですが、まさかこんなことで、と藤本は言う。

「依志輔さんの具合はどうですか」

それを聞くと、藤本は笑みを消した。

「パトカーに乗せてここを出ましたが、その時点で既に意識はなかったようです」

上坂も顔を曇らせた。だいぶまずい状況だ。

「救急車とはいつ頃出会えそうですか」

「何しろ大迂回ですし、大雨のせいで道路状況も悪化してます。まだ二、三十分かかるかと」

藤本の口調からは、諦めが感じられた。

「ここから搬送する時、様子を見てたんですがね。担架で土砂崩れを越えるのに、だいぶ手間取りまして。あれで無理がかかったのかな。正直に言うと、顔色はもう死人のようでしたよ」

藤本が言うには、救急車に乗せ換えても、脳の手術ができる病院への搬送にはさらに数十分を要するそうだ。それだけの時を失えば、助かる見込みは低いと言わざるを得なかった。

「依志延の捜索の方は」

「始めていますが、土砂崩れに対処する装備は持ってきていませんから」

こちらもかなり時間を要するということだ。重機の到着は、いつになるかわからないという。口には出さないが、依志延が生存しているとは誰も思っていないようだった。

「西浦さんの遺体は、もうお調べに？」

「ええ。扼殺で間違いありません。ただし解剖の方は、明日以降でないと無理だねぇ」

今は搬送する手立てがない、ということだ。

「鑑識の方は、進んでます。既に指紋は採取できました。配膳エレベーターの中からもね」

藤本が表情を明るくして言った。やはり上坂の見立て通りだったのだ。

「依志延の犯行を立証するのは、問題ないでしょう」

被疑者死亡で送検されて幕引きか、と上坂は残念に思った。これについては、多田も同じ気持ちだろう。

「人質になった方々からも、事情聴取をしています。人質事件と殺人事件の聴取を同時にやるなんて、さすがに経験はないが」

藤本は二階を指差して言った。解放された人質は、二階の客室に一時収容されて、簡単な聴取を受けている。泊り客と河野家は別々になるよう、配慮はされていた。本来なら医師の診察を受けて落ち着いてからにすべきだが、土砂崩れのせいで足止めを食らっている状況では、致し方あるまい。

「多田の様子はどうです」

「おとなしくしてますよ。こちらの問いには、ごく短くですが答えているし」

結果としては、あいつはほとんど目的を達したわけですから、と藤本はちょっと渋い表情で言った。

「その多田についてですが」

上坂は少し改まって言った。

「電話で藤本さんは私に、多田のペースに巻き込まれないようにと釘を刺しましたね。もしかして、私が辞めた経緯をお聞きになりましたか」

「ええ、まあ」

藤本は正直に答えた。自分の身元を確認するのは藤本として当然だろう、と上坂も承知している。

「伝手《つて》を使って、警視庁の者から聞き出しました。理不尽な目に遭われたようで」

ああなるほど、と上坂は微笑んだ。

「それで多田に共感するかもと懸念されたんですね。多田に言われて殺人犯を捜し始めたのは、その表れではないかと」

「有り体に言うと、そんなところです」

藤本は少しきまり悪そうに答えた。

「今はそんな風には思っとらんですよ」

「ええ、わかってます」

上坂は、気にしていないと身振りで示した。だが、藤本らの懸念が全く見当外れだ、と笑い飛ばすことは躊躇した。正直に言うと、ガソリン缶がハッタリだろうと思い始めた時から、多田を制圧する機会はあった。だが、多田の事情を知るにつけ、どうもそういう気になれなかったのだ。それは無論、ここで口にする気はない。

「私の場合、同情、或いは共感して、助けてくれる人もいましたからね」

今の雇い主である弁護士もそうだし、警視庁内部にも処置に異議を唱える味方がいた。不当な扱いを受けたのは確かだが、孤独だったわけではない。

「多田も、手を差し伸べる誰かがいれば、こんなことは起こさんで済んだんでしょうな」

藤本は、いかにも残念そうに言った。だがそれについて、上坂は少し違う考えを持っていた。

「そこなんですが、藤本さん。多田の味方は、本当にいなかったんでしょうか」

え、と藤本が怪訝な顔をした。

「そりゃあ、同情する人はいたでしょうが、援助とか、具体的に助けを出した人はいないようですが」

これまでに行った多田の身辺捜査では、あの井上を除いてそういう人物は浮かんでいないということだ。だが捜査を始めて一日足らずでは、網羅できたとはとても言えまい。

「何か考えがあるんですか」

藤本の方から尋ねた。

「考えというか……」

上坂は頭を整理しながら言った。

「多田にも聞きかけたんですが、そもそもあいつは、今回の河野家の会合を、どうやって知ったんでしょう」

依志輔の喜寿を祝う有志の会は、ごく内輪のものだ。部外者には知らせていないだろう。無論、多田が招待状を手にするわけがない。なのに多田は、明確にこの会合を狙って押し入ったのだ。

「共犯者か、少なくとも協力した者がいると?」

藤本は上坂の言いたいことをすぐ理解したようで、表情を引き締めた。

「可能性としては、充分あるんじゃないでしょうか」

うーむ、と藤本は唸った。

「確かめておくべきことが、まだいろいろとありそうですな」

呟くように言って、藤本は後ろを向くと「沢登君!」と大声で呼んだ。

「かずら館の新木さんの聴取は、済んでるんか」

「宿のご主人ですか。いいえ、まだです。河野家の方を先に進めてますので」

「じゃあ、こっちへ来てもらってくれ」

藤本は指揮所に隣接する座敷を指差した。沢登は意外に思ったかもしれないが、何も聞かずに二階へ駆け上がった。

新木はすぐに階下に現れた。解放されて一時間も経っていないが、だいぶ落ち着いているようだ。思い返してみれば、この人は最初に多田が押し入って銃をぶっ放した時と西浦晴美の死体が見つかった時以外、取り乱した姿をほとんど見せていない。それは立派なものだと言えた。

「大変お疲れのところ、お呼び立てして申し訳ありません」

まず藤本が詫びたが、新木は「いえいえ」と首を振った。

「それより、きちんと御礼申し上げていませんでした。このたびは、大変ありがとうございました」

「いや、そんな。我々はこれが仕事ですので、礼などはご無用に願います」

頭を下げようとする新木に、藤本が急いで言った。

「恐れ入ります。上坂さんには、お客さんなのにも拘わらず、すっかりお世話になりまして」

新木は上坂にも、改めて丁重に礼を述べた。そう言えば自分は客だったんだ、と今さらながら思い出し、苦笑しそうになる。新木は続けて依志輔の容態を尋ねたが、これには楽観的な返事はできないため、言葉を濁した。そうですか、と新木は一度肩を落としたが、すぐまた姿勢を正した。

「何かお聞きになりたいとのことですが、私も経営者としての責任がありますから、何なりと」

済みません、と返してから、上坂は藤本をちらりと見た。藤本は、どうぞそちらから、と目で促した。上坂は了解して新木に向き直った。

「新木さん、今度の河野家の喜寿祝いの会ですが、どなたが予約されたんですか」

「え？　それは消防団長さんですが」

新木は、それが重要なのかと訝しむ様子で答えた。

「団長さんの発案だったんですか」

「ええと……いや、違うと思います。団長さんは自分で音頭を取ることは、あまり」

つまり、人にやらせて乗っかるタイプか。

「どなたの発案かは、ご存じないんですね」

「さあ、河野家のどなたかではないかと思うんですが……それは団長さんにお聞きになった方が」

消防団長は最初に解放された六人の中にいたので、簡単な聴取を終えてから消防団まで送り届けていた。今は災害への対応で役場の対策本部に詰めているはずだ。後で電話で尋ねなくてはならない。

「河野家の会合について、どこかから問い合わせがあったりしましたか」

「ああ……確かにありました。三日前ですかね」

やはりか。上坂は藤本と目を見交わした。

「どんな問い合わせでした」

藤本が聞くと、新木は懸命に記憶を探るように首を傾げた。

「ええと、確か、時間を忘れたので教えてくれと。午後一時から四時ですとお伝えしました。てっきり河野家のどなたかと思ったものですから」

「なぜそう思ったんです」

「昨日こちらで会合があることは、招かれた方々以外、ご存じないはずと思いまして」

言ってから新木は、思い出したらしく目を見張った。

「そう言えば、あの電話の声は多田さんに似ていました。いえ、多田さんご自身にまちがいないと思います」

「そうですか。ありがとうございます」

上坂は新木に愛想笑いを向けた後、藤本に目配せした。藤本は了解し、新木に「上にお戻りいただいて結構です。申し訳ありませんが、今しばらくお待ち下さい」と告げた。

新木は一礼して、座敷を出て行った。

「さてと」

藤本は改めて上坂と向き合った。

「まず先に、多田に会合のことを誰から聞いたか、教えてもらわにゃいけませんな」

「ええ。かずら館の従業員と消防団長や町会議員には、多田との接点がないはずです」

「河野家の誰かだと言うんですか。断言はできんと思うが」

「それはすぐ、わかるでしょう」

上坂と藤本は立ち上がり、多田を拘束している部屋に向かった。

多田は手錠を掛けられたまま、八畳間の壁にもたれ立膝で座っていた。部屋には中川と、捜査員二人が多田を囲むように胡坐をかいている。本来ならとっくに池田署に移送されているはずだが、土砂崩れ以外にも道路に冠水箇所が発生しており、災害対応を優先するため出発が遅れていた。上坂は県警本部の取り調べには関われないので、今、少しでも多田に話を聞けるのは有難かった。

「お邪魔しますよ」

上坂が入って行くと、中川が顔を曇らせた。部外者が何をしに来た、と不快に思ったようだが、藤本が目で「構わん」と伝えると、何も言わずに座を譲った。上坂は中川に、済みませんと謝って多田の前に座った。

「何だ、あんたか。何か用か」

上坂の顔を見て、多田は戸惑いを見せた。上坂に取り調べの権限などないことは、当然承知しているだろう。

「いや、土砂崩れの前に聞きかけてそのままになっていたことを、ちゃんと聞こうと思ってね」

「聞きかけ？」

ピンと来なかったようで、多田は怪訝な顔をする。

「あれだよ。あんたはどうやってこの河野家の会合のことを知ったのか、って話だ」

「ああ……それか」

思い出したらしいが、多田の方からは喋らなかった。上坂は問いを続けた。

「あんた、三日前にかずら館に電話して、会の時間を確かめたよな。だがその前に、会合の日付をどこで聞いた。身内の会なんだから、外の者が知ることはなかったはずだ」

多田はしばし、上坂の顔をじっと見返した。上坂は目を逸らさず、待つ。数秒の沈黙が流れた後、多田はふっと息を吐いて、質問に答えた。

「兄貴が死んでひと月ほど経った頃、手紙が来たんや。差出人は書いてなかった。変やとは思ったが、開けてみた。そしたら、依志輔爺さんの喜寿の会があること、依志延ももちろん出席することが書いてあった。この機会に河野家や坂東の悪事を世に曝すべきだ、ともな」

「何だと？」

藤本と中川が、目を剝いた。多田の言う通りなら、この人質立てこもり事件を扇動した者が背後にいる、ということだ。これは事件の様相を大きく変える供述だった。

「あんた、そんな怪しい話に乗ったのか」

上坂が言うと、多田は大きな溜息と共に天井を仰いだ。

「アホなことをしたな。けどあのとき俺は、兄貴のことで恨み骨髄になっとった。だからもし、復讐してやるなら手紙の通り、かずら館の会合を襲うのが一番ええように思えた。さんざん考えたよ。いったいどんな手が打てるのかをな」

「で、考えた結果が今回の事件か」

「ああ。最初の手紙から三週間ほどで次のが来てな。ニュース番組を使って全部を暴露するのがいい、と書いてあったんや。確かにそれはうまい手かもしれん、と思った。俺の頭ではなかなか考え付かんことや」

藤本が唸った。多田は手口の概略まで示唆されていたのだ。

「けど、そのうち疑わしくなってきてな。おれを嵌めるか、騙して恥をかかせるための悪戯《いたずら》か、そんなことかもしれんと思うた。で、かずら館に電話したんや。そしたら、手紙の通り会合があるとわかった。それで、どうせ失うもんはないんやし、乗ってみるか、と腹を括《くく》った」

「その手紙、まだ持ってるか」

藤本が勢い込んで聞いた。多田はかぶりを振る。

「持ってたらヤバいかも、と思ってな。一昨日大阪を出るとき、他のゴミと一緒に捨ててしもうたわ」

「そいつは、早まったな」

上坂は多田に渋い顔をして見せた。多田の話を裏付ける、たぶん唯一の証拠だったのに。

「そうやな。今から思えば、失敗やった」

多田も理解して、苦笑と共に嘆息した。

「回収できないか、確認させます」

藤本が言い、中川が廊下に首を出して捜査員に指示を出した。

「坂東に引導を渡した井上さんのことも、手紙に書いてあったのか」

上坂が確かめると、多田は「いいや」と否定した。

「あれは俺の仕込みや。兄貴が死んですぐ、坂東と依志延に関するネタを捜し回った時に耳に挟んでたんや。あの人、一時は金に目がくらんで口を閉じたが、えらく後悔してるようやったんでな」

　このネタをどうするかは考え中だったが、かずら館襲撃を決めた時、ここで使うしかないと思ってすぐ連絡を取ったのだと、多田は言った。

「誰からの手紙か、心当たりはないのか」

　藤本がまた聞いたが、多田は肩を竦めた。

「手書きやったが、筆跡見ても誰かわからんかったな」

けど、と多田は言い足す。

「内容からしたら、河野家に近い誰かやろ。あの家では、依志輔と依志延が全部を仕切っとったから、やり方に不満やった奴もおったんやないか。働いてた連中に、扱いが悪くて恨まれとったかもしれんしな」

「誰なのか詮索することも、しなかったのか」

　上坂が聞くと、多田は鼻白んだ。

「俺にとっちゃ、誰であってもええ話や」

「そんないい加減な……」

　中川が気色ばんだが、藤本が抑えた。上坂はさらに尋ねる。

「手紙だが、宛先はあんたの住所が正しく書かれてたのか」

　多田は、何を聞くんだという顔をした。

「当たり前やろ。でなきゃ届かん」

「河野家で、あんたの住所を知ってる者は」

多田が嗤った。

「それは俺も真っ先に考えたわ。けど、わからん。俺から教えたわけやない。河野の誰にも、引越し挨拶なんぞ送る義理はないからな」

どっかで調べたんやろ、というのが多田の答えだった。

「大阪の住之江《すみのえ》区だったたな。いつから住んでる」

「もう十年になるな。その時分は、実家で親父もまだ生きとった」

「十年間、一人暮らしか」

大きなお世話や、と多田は上坂を睨む。この年まで独身なのを、揶揄《やゆ》されたと思ったのだろう。

「そのとき、転居届は出してるか」

はあ？　と多田が首を傾げる。

「出したよ。それがどうした」

「親父さんの猟銃については、どうだ。相続の届けは出したのか」

「兄貴が出した。兄貴が死んだ後は、元の実家の戸棚に鍵かけて、放ったままやった」

もともとは害獣駆除のために父が免許を取り、兄は銃を形見として引き継いだそうだ。

大阪にいた多田は、許可手続きが面倒で引き継ぐ気はなかったという。

「もう何日か経ってたら、相続手続きの期限切れで銃は押さえられとったかもな。危ないとこや」

幸運だった、という風に多田が笑った。藤本と中川は渋面になった。もっと早く銃を、少なくとも弾丸を没収できていれば、と思ったのだろう。

「そうか。わかった」

上坂は藤本に、もういいですと目で合図して立ち上がった。多田が顔を上げる。

「知りたかったんは、それだけか」

ああ、と上坂は言って、中川に礼を言い、藤本と一緒に部屋を出ようとした。が、ふと立ち止まってもう一つ、聞いた。

「あんた、その手紙が来なかったら、河野家への復讐なんか企てなかったんじゃないか」

多田の眉が上がった。それから数秒の間を置いて、答えが返ってきた。

「そうかもしれんな」

言ってから多田は、上坂を見返し、念を押すかのように付け加えた。

「せやけど、後悔はしとらんで」

上坂は、そうか、ともう一度言って、多田から顔を背けると廊下へ出た。

玄関を通りかかると、依志武が一人、ぼんやりと煙草を吸っていた。上坂と藤本が近付くと、振り返って溜息と共に肩を落とした。

「つい今しがた、警察の方から聞きました。無線連絡が来て、兄がやっと救急車に乗せられたそうです」

それは良かったと言いかけたが、依志武はひどく淡々と続けた。

「助かる見込みは薄いでしょう。病院までもたないかもしれませんね」

依志武は両手を揃え、大変お世話になりました、と頭を下げた。お気の毒です、と上坂と藤本は揃って低頭した。

「このようになる前に救出できれば良かったんですが、力及ばず」

藤本は遺憾の意を述べたが、依志武は「いや」と手を振った。

「直接の原因は、依志延のことでしょう。不慮の死、というだけでなく、殺人を犯していたということで。しかも相手は妊婦です。あまりに非道だ」

上坂はこれを聞いて、依志武の顔を見つめ直した。そこには、死者への悼みではなく憤りが表れていた。

「その現実が衝撃になって、兄はあんなことに。しかし、因果応報なのかもしれません」

「因果、ですか」

藤本も、ちょっと眉をひそめた。依幸も多田も、これは天罰だと言った。依志武までも同じように感じているのか。だがそれは、意外なことではなかった。

どうしようか、と上坂は考えた。少し乱暴ではあるが、今ここで決着を付けた方がいいだろうか。本来は徳島県警のやるべき仕事で、上坂には関係のない話だ。しかしここまで深く首を突っ込んでしまった以上、結末を看取《みと》らずに帰りたくなかった。上坂は意を決し、藤本に言った。

「藤本さん、できれば依志武さんの話も伺ってみようかと思うんですが、構わんでしょうか」

藤本は困ったような顔をした。上坂は協力しているとはいえ、部外者なのだ。本来なら出過ぎた真似だと断るのが筋だ。しかし藤本は、上坂の目に無下にできない何かを見たのだろう。僅かに間を置いて、「いいでしょう」と言った。

「依志武さん、こんな時に申し訳ありませんが、あちらで少しお話しさせていただいてよろしいですか」

藤本が向き直って言うと、依志武はちょっと不審げな顔をしたものの、「いいですよ」と返事した。藤本は上坂に頷いてから、依志武を空いている部屋に案内した。

「立てこもりについてのお話ですよね」

座布団を出して車座に座ると、依志武が聞いた。

「はい、その関係です」

上坂が答えた。担当警察官の藤本ではなく、泊り客の一人だったはずの上坂が話をするのに依志武が異を唱えるかと思ったが、そうはしなかった。

「何か確認されるんですか。どんなことでしょう」

「依志武さんは役場にお勤めだったと伺いましたが、ご担当は」

「は？　はあ、町民課と総務課が主ですが」

「住民票なども扱われますか」

「ええ、そうです」

「合併で池田町になる前の、猪頭河の村役場からお勤めだったんですか」

「その通りですが」

いったい話がどこへ行くのかと、依志武は当惑しているようだ。上坂は構わず続けた。

「家業はいろいろあったと思いますが、そのどれにも携わることはなかったんですね」

依志武の頰が、ぴくりと動いた。藤本も、何を言うつもりだと困惑したような顔を見せている。上坂はそのまま、依志武の顔を見ていた。すると依志武はふっと目を逸らし、自らについて語り始めた。

「お気付きでしょうが、兄の依志輔と私は、十三も年が離れています。他所《よそ》へ嫁いだ姉がいますが、それとも十歳離れておりまして」

わかりますか、というように依志武は上坂の顔を覗き込んだ。

「はあ、それが……」

「私は、妾腹《しょうふく》なんですよ」

あ、と上坂は言葉を呑み込む。入るべきでないところに分け入ってしまった気がした。

依志武は、構わず続けた。

「そんなことで、兄とはちょっと。ウマが合わないと言うか、はっきり言うと疎まれていました。戸籍上は河野家に引き取られて次男となりましたが、義母も兄も姉も面白くなかったようで、家の中に味方はいませんでした」

まあ戦前の田舎の話ですからねえ、と依志武は自嘲するかのように言った。

「家業を継がせる気はなかったんでしょうな。それで私も割り切って、学校を出て役場に入りました。役場でも私が妾腹というのは公然の秘密でしたが、きちんと仕事をしている限り、何も言われることはありませんでした」

職場が自分の居場所になってたんですよ、と依志武は言った。

「それで良かったんです。兄は傍若無人でしたからねえ。悪さの仲間に引っ張り込まれることもなかった。度胸もない役立たずだと私を見下してましたからね。多田さんのお母さんに何があったか、もうご存じなんじゃないですか」

　ええ、と藤本は隠さず言った。

「ご主人が出征中に、依志輔さんが手を出そうとして撥ねつけられ、死なせる結果になった。警察の記録には残っていませんが、そんなことがあったと聞いています」

「もっとはっきり言えば、手籠めにしようとして抵抗され、逆上して殴り殺してしまったんですよ」

　上坂と藤本は、依志武のあまりにあからさまな言い方に驚き、言葉が出なかった。依志武はさらに続ける。

「さすがにその時は動揺して、何とか表沙汰にならないよう収めました。でもねえ、しばらく経つと兄は、酒を飲むとそれを武勇伝みたいに語るようになったんです。私は怖《おじ》気《け》をふるいましたよ」

「良心の呵責《かしやく》はなかった、ということですか」

　上坂が驚いて聞くと、依志武は躊躇いもせずにそうだと答えた。

「そういう奴なんです。性根がねじ曲がっている。その息子、依志延は父親のやったこと自体は知らんかったでしょうが、その気質を受け継いでしもうたようです。親の因果と言いますか。兄は依志延の仕出かしたことに激怒してましたが、本来、それを責める資格なぞないんですよ。親子揃って、本物の屑だったんです」

藤本は、依志武の手酷い断罪に唖然としている様子だった。上坂はそこで依志武に聞いた。

「あなたは、多田さんのお兄さんが依志延さんに騙されたことを知っていましたか」

「ええ、知ってましたよ」

依志武は、即座に認めた。

「坂東とツルんでたことも。調べるまでもなかった。依志延は酒を飲んだとき、自分で喋ってました。自分はいかにうまく立ち回って稼いでいるか、自慢したかったんでしょう。あいつは私なぞ、毒にも薬にもならない鈍い奴と馬鹿にしてましたから。父親と一緒ですよ」

依志武の顔に、次第に朱が差してきた。

「多田の兄さんは、依志延なんぞの絡む話に乗りたくはなかったろうが、あいつは口が上手《うま》いから、懐柔されたんかもしれません。それに立場上、坂東には逆らえんかった。結果、二代続けて河野家に酷い目に遭わされることになった。気の毒としか言いようがない」

「お聞きしていますと、河野家の方々にはだいぶ含むところがおありのようですが」

「含むところ、ねえ。ええ、ありますよ。違うと言っても仕方がない。どのみちもう二人とも、いないんです」

依志武は口元でニヤリと笑った。かずら館の大広間にいたときとは、別人のようであった。藤本がぞくっとしたように身じろぎした。

「なるほど、わかりました。ではこちらから幾つか伺いますが」

上坂は、次第に饒舌《じょうぜつ》になる依志武を止めるように聞いた。

「あなたは多田の大阪の住所を、知っていましたね」

おや、と依志武が首を傾げる。

「どうしてそう思うんです」

「住民票を扱っておられたなら、多田の転居届も見られる立場でしょう。その気になれば、いつでも確認できたはずですね」

ははあ、と依志武は面白がるような顔つきをした。

「知っていたら、どうだと」

「手っ取り早く申し上げましょう。多田に匿名で今回の河野家の会合のことを知らせ、犯行を促す手紙を出したのは、あなたですね」

「ほう。どうしてそう思われますか」

依志武は、上坂の大胆な指摘にも表情を崩すことなく、落ち着いた声で聞いた。何を馬鹿な、とか、証拠でもあるのか、と言い返すことすらしなかった。

「消去法、とでも言いますかね。多田の住所を知ることができて、多田が河野家を恨む事情を知っていて、昨日ここで依志輔さんを中心にした宴会があることを承知していた。これを全て満たす人は、あなたしか思いつきませんでね」

おそらく、多田の父親の猟銃がまだ処分されずに残っていることも、退職したとはいえ伝手を使って調べることはできただろう。それを確かめるのはこれからだ。

三つの条件を突きつけられても、依志武は動じなかった。逆に、感心したように頷いて見せた。

「なるほど。理屈は合っていますな」

そこへ、閉めた襖の向こうから「失礼します」と声がかけられた。藤本が返事する。

「おう、沢登君か。何だ」

「消防団長への問い合わせの結果ですが、今、お知らせした方がいいと思いまして」

藤本は、すぐに襖を開けた。廊下で膝をついていた沢登が身を乗り出し、藤本に何事か囁く。藤本は頷き、沢登を下がらせて襖を閉めると、依志武に厳しい視線を向けた。

「昨日の会合を予約した消防団長さんの話では、ああいう会をやったらどうかと言い出したのは、あなただそうですが」

「ああ、そのことですか」

依志武は、はいはいとすぐに肯定した。

「確かに私が言いました。喜寿の祝いは親族だけでやったんですが、特に世話になっている近しい方々も、ちょっとした祝いの会を催したらどうか、とね。それが何か不都合でしょうか」

「不都合とは言いませんが」

藤本は薄い笑みを返した。

「消防団長さんは、天候が悪化するのを知って会合の延期を前日に提案したそうですね。でもあなたは、今から変更できないし、天気もそこまで気にしなくて良かろうと断った。ですが、敢えて強行するほどのことだったんでしょうか」

依志武は、それには答えなかった。上坂は藤本に代わって続けた。

「親族での喜寿祝いは、自宅でされたんですよね。旧家だけに、さぞ大きな建物なんでしょうな。でも、個人の家に他人の多田が入って行くのは、押し入るにしても簡単じゃない。それに親族一同の集まりなら、子供も何人かいたでしょう。さすがに子供を巻き込むのは躊躇われた。少数の大人の内輪の会で、旅館という他人も出入りできる公の場での会合は、多田を犯行に誘うのにうってつけですよね」

どうです、と上坂は依志武の顔を窺った。気のせいか、少し強張ったように見える。

上坂はさらに付け足した。

「自宅で立てこもりをやった場合、依志輔さんは、警察に通報しなかった可能性があります。家の恥をさらすくらいなら、内々で片を付けようとしたかもしれないってことです。マスコミに知らせるなど、絶対にさせなかったんじゃないでしょうか。そうなると、目的は達せられない。しかし、赤の他人である旅館の宿泊客や従業員が人質になれば、否応《いやおう》なく全国ニュースになる。それが何より肝心だったわけです」

「そのために、私が段取りしたと言うんですか」

「違うんですか」

上坂は、依志武の目を覗き込むようにした。依志武は目を逸らすかと思ったが、そうはしなかった。むしろ、上坂より座高が高いため、見下ろすように目を向けてきた。

「全部、推測ですよね。多田を扇動したように言われますが、何か証拠でも」

ようやくそこに触れてきたか。

「あなたが多田に出した手紙がありますよ」

「それは、押収されたんですか」

「多田は、捨てたと言っていました」

「それじゃあ、駄目じゃありませんか」

依志武の笑みが、せせら笑いのようになった。だが上坂も引きはしない。

「捨てたからと言って、永久に消えたわけじゃない。必要なら回収されたゴミを全部調べます。家宅捜索で、切れ端が発見される可能性もある。多田によると、手紙は手書きだったそうです。もし一部でも発見されれば筆跡鑑定はできるし、指紋も採れるでしょう」

「もう焼却されたんじゃないですかね」

依志武が言うのには、藤本が答えた。

「多田が手紙を破り捨てたのは一昨日。そのゴミは昨日回収されたところです。まだ焼却されず、処理場に積まれているはずです」

実際に大量のゴミの中から件の手紙を捜し出すのは至難の業だが、そうした前例もなくはなかった。警察が本気を出せば、かなりのことができるのだ。

「ふうん、そうですか」

依志武は、気のない声で言った。降参するか、と期待したのだが、見かけより遥《はる》かに太々《ふてぶて》しいこの男は、代わりに再び尊大な笑みを浮かべた。

「まあいい。百歩譲って、私が書いたとしましょう。でも、どうなんです。それは本当に、犯行を指示するような内容だったんですか」

「指示とまでは言ってません。扇動するような、です」

「具体的には、どんな」

依志武が迫った。藤本の眉間に、僅かに皺が寄った。

「その手紙に、猟銃を持って河野家の会合を襲え、と書かれていたんですか」

「いえ、そう明確には」

くそっ、と上坂は歯噛みした。多田が語った手紙の内容は、かずら館で喜寿祝いの会合があることと、それを機会に悪事をマスコミに曝せ、ということまでで、人質を取れなどとは書かれていなかったはずだ。そこまでなら、悪事の告発を勧めているだけで、違法行為を示唆してはいない。猟銃を持って立てこもることを考えたのは、あくまで多田自身なのだ。

なあんだ、と依志武は両手を広げて見せた。

「それなら、その手紙は犯罪の証拠にならないのでは」

その通りだ。手紙についてそれ以上追及しても、検事に却下されるだけだろう。

「筆跡を隠すために手紙をタイプ打ちにしていたら、多田も胡散臭く感じて扇動に乗らなかったかもしれない。信用を得るため敢えて手書きにしたんですか。筆跡のリスクを無視する代わり、直接犯行を誘う言葉を使わないよう注意したんですね」

上坂はなおも言ってみた。依志武は、困惑顔を作った。

「私に言われましても。多田はその手紙だけで犯行を決めたんですか。考えるきっかけにはなったでしょうが、計画は自分で立てたわけでしょう」

これも依志武の言う通りだった。多田の恨みがいかに強いか、また多田に行動を起こす度胸があるか、手紙を書いた者は計算の上だったとしても、実際に一歩を踏み出すかどうかは、多田の考え次第なのだ。

「ダメ元で構わなかった、ということですか」

たとえ多田が動かなくても、依志武に損害が出るわけではない。今まで通りの日々を送り、依志輔が死んで頭の重石《おもし》が取れるのを辛抱強く待つだけだ。藤本は苛立ちを含んだ目で、依志武を睨んだ。

「さあ。私にはわかりませんが、そういうことなんでしょうか」

依志武は、しれっとして受け流した。

「本当に、手紙には犯行の指示が書いてなかったんでしょうか」

急に上坂が言ったので、依志武も藤本も、驚いたような顔をした。依志武が尋ねる。

「どういうことですか」

「いえね、手紙が捨てられたまま見つからないとしたら、その内容は多田の証言に拠《よ》るしかないわけです。多田は具体的な指示は書いていなかったと言いましたが、思い違いかもしれません。後で思い出して、手紙の指示に従ってかずら館に押し入った、と言うかもしれない」

依志武は、ぽかんとして上坂の顔を見つめた。

「何をおっしゃってるんです」

「まあ現物がなくて多田の証言だけなら却下される可能性が高いですが、手紙の一部だけが見つかったとしたら、どうでしょう。一部でも筆跡や指紋は調べられますが、内容全部はわからない。書いた者が特定できても、実際に何が書いてあったかについては、書いた者と多田の証言が食い違うかもしれません。そうなったら、裁判官がどちらの証言を採用するにしても、書いた者も姿を曝して、法廷で反論しなくてはなりませんね」

依志武は目を瞬いていたが、やがて上坂の言う意味を理解したらしく、顔が真っ赤になった。

「私を嵌めようと言うのか」

「いやいや、嵌めようだなんて」

上坂が、まさかという顔を作って手を振ると、藤本も言った。

「警察がそんなことをするはずがないでしょう」

依志武は、強張った顔を藤本に向けた。藤本は、安心させるように微笑みを浮かべている。だが、口から出たのは追い討ちだった。

「しかし、多田がどんなことを供述するかは、これからの取り調べを待たないと何とも言えませんからなあ」

依志武は、顔を引きつらせた。

「あんたたちは……」

だが、そこで口をつぐんだ。ここで何を言っても得にはならない、と悟ったのだろう。顔に怒りを表したまま、立ち上がった。

「もうお話は終わりでしょうな」

「ええ、もう結構です。知りたいことはわかりましたから」

藤本が礼でも言うように笑いかけると、依志武は憤然として、足音も荒く歩み去った。

「上坂さん、人が悪いな」

依志武の姿が消えると、藤本は上坂に苦笑を向けた。

「藤本さんこそ、私に乗っかったじゃありませんか」

言い返された藤本が頭を掻いた。

「まあね。話の通りなら、あの依志武氏にも同情すべきところだが、多田を使って自分は後ろに隠れ、まんまと復讐しようと企んだなら、このまま見過ごすのも癪《しゃく》だ。実際に訴追するのはまず無理だろうが、当分の間、枕を高くして眠れんようにしてやりましょう」

「そうですね。奴も世間の目は怖いでしょうから」

上坂は、それでいいと頷いた。

「依志武さんは、河野家の中では影が薄いものの、常識ある善人に思えたんですが、やっぱりどこか歪んでますね。依志輔氏や依志延に対する憎悪は、多田よりずっと強かったのかもしれない」

「育った環境なのか……何だかやるせないですな」

藤本は内ポケットから煙草を出し、事件の間は吸ってなかったんでと前置きしてから火を点け、一服吸うと、嘆息するかのように盛大に煙を吐いた。

「結局、依志延は災害に遭い、依志輔氏もそのせいでもはや助からない。依志武がそこまで見通したとは思えんが、こんな終わり方をするとはねえ。依幸の台詞じゃないが、天罰が一気にふりかかった。ついつい、そんな風に考えてしまいますよ」

また天罰か。警察官が言う台詞ではないな、と上坂は笑いかけた。だが、笑うのはやめた。本当に、あまりに多くのことが重なった。西浦晴美も含めた三人の命は、本来奪われるはずではなかったのに。

いったい何なんだ、と上坂は首を振り、窓の外を見やった。雨はもう止み、薄日が差しかけている。指揮所の方で誰かが、台風が日本海を北上して勢力を急速に弱めていることを伝えていた。明日には温帯低気圧になる見込みだ。たぶん災害は、もうこれ以上広がらないだろう。

終章　ボンネットバスに乗って

予報通り、今日も朝から晴天だった。阿波池田駅前に立った上坂は、大きく伸びをして青空を見上げた。昨日以上に、爽やかな気分だった。コロナ禍でマスクが手放せなかった鬱陶しさも、過去になりつつあるのは有難い。

駅前広場の人影はまばらだったが、端の方に停まった中型観光バスの周りに十数人が集まっており、そこから聞こえるのは明らかに日本語ではなかった。台湾か香港《ホンコン》からの客のようだ。四国のこんな奥にまで海外から、と上坂は少なからず驚いた。

自販機でお茶を買い、腕時計を見る。あと十五分ほどだろうか。顔を上げると、ちょうど目当てのバスが駅前に入ってくるのが見えた。昨日も見た、定期観光として運行しているボンネットバスだ。上坂はこれを予約していた。懐かしい姿だ、と思わず目尻が下がる。記憶にある、あの日にここから乗った路線バスに使われていたものと、塗装も含めて全く同じに見えた。

乗り場に停まったバスは、作られて六十年近くも経っているようには見えなかった。

ネットで調べて、老朽化で修繕が難しく廃車になるところをクラウドファンディングで集めた資金で復活させた、と知っていたので、修繕の際に化粧直ししたのだろうと思った。

乗降口にガイドとスタッフがいたので、歩み寄る。自分が一番乗りのようだ。上坂です、と名乗ると、予約簿を確かめたスタッフが、承っておりますと挨拶した。

「二名様ということで伺っておりますが」

「ええ、ここで待ち合わせしています。もう来るでしょう」

では、来られましたらお知らせ下さいとスタッフは一礼した。上坂はバスから離れ、改めて駅前を見渡した。来る、と言ったが、本当に来てくれるだろうか。相手は自分より年上、つまり相当な高齢なのだが……。

杖《つえ》をつき、薄手のカーディガンを着た老人が、横断歩道をゆっくり渡ってくるのが見えた。上坂は顔を綻ばせた。心配したが、背筋も曲がっておらず、結構元気そうだ。直に会うのは事件以来のことで、マスクも付けていたが、上坂にははっきりとわかった。笑みを浮かべて近付くと、杖の老人も気付き、目を細めた。

「やあ、どうも。大変お久しぶりです」

まず上坂が声をかけると、老人も深々と頭を下げた。

「ご無沙汰しております。本日は、どうも」

「いやいや新木さん、無理な誘いに応じていただいて、ありがとうございます」

元かずら館主人の新木壮太郎は、とんでもないと手を振った。

「こちらこそ、わざわざお招きいただきまして。東京からこのためにお越しですか」

「ええ。昨日高松空港に降りて、昨夜はこの駅前のホテルに泊りまして」

羽田《はねだ》までは、孫に車で送ってもらった。後は車で。一人で大丈夫かと倅と嫁と孫に言われたが、まだそんなに弱っちゃいないし、どうしても一人で片付けたいんだ、と押し切って出てきたのだ。

「今晩は金毘羅《こんぴら》さんのホテルに泊って、明日帰ります」

それはそれは、と微笑む新木に、座っておきますかとバスを指した。新木は承知し、スタッフとガイドの手を借りてバスに乗り込んだ。車内は、オイルと木と金属の混じったような、懐かしい香りがした。

後方の座席に並んで座る。他の客は、まだ来ていない。

「上坂さんはだいぶお元気そうですが、お幾つになられましたかな」

「もう八十三ですよ。新木さんもお元気じゃありませんか」

「いやぁ、私は九十を越えましたから。ご覧の通り、足が駄目になってきて」

それでも杖を使って充分に歩いているのだから、言うほど悪くはないのだ。

「旅館をやめられて、二十年くらいですか」

「そうです。平成十五年に廃業しました。ジリ貧と言いますか、建物が老朽化して建替え資金もなくて。息子も、継いでくれませんでしたし」

　新木の息子がかずら館を継がなかったのは、あの事件の影響もあって旅館業が嫌になったからかもしれない。新木は夫人が亡くなった後、阿波池田の介護付き老人施設に入り、息子は徳島市内でレストランを経営していた。月に一度はご機嫌伺いに来るという。

「上坂さんは、お仕事の方ではご活躍でしたそうで」

「いや、活躍なんていうもんでは。ただのサラリーマンですよ」

　上坂はあの事件の後、評判を聞いた知り合いの警察OBから誘われて、立ち上げたばかりの警備会社に入った。その警察OBは、上坂が辞めた経緯も知っており、上層部の処理の仕方に憤っていたという。会社は拡大しつつあった需要の波にうまく乗り、上坂が招かれた当時三十人ほどだった従業員は、二千人を超えた。上坂は役員まで勤め上げ、六十五歳で退任した後は、自治会の世話などして悠々自適で暮らしている。警察官で終わるより、よほどいい人生じゃないかと昔の仲間に揶揄されることもあった。

「河野さんの家は、なくなったそうですな」

　新木は、ええ、と静かに頷いた。

「あの事件の後、依幸さんが当主になりましたが、世間での評判をすっかり落としてしまいましたからね。昔はあれほど力のあった家なのに、後ろ指を指される有様で、依志延さんの奥さんと子供さんは、早々に徳島を離れました。依幸さんは依志延さんの会社を引き継いだものの、自分がやっていた自動車関係の会社共々潰してしまって。正直、商才があるとは言い難い人でしたから。その後大阪へ出たらしいですが、後は存じません。河野の本家も今は空家で、荒れ放題です」

造りがしっかりしているのでまだ建っているが、早晩崩れて土に還《かえ》るだろう、と新木は言った。

「依志武さんは、割合早くに亡くなったと風の噂で」

「ええ、六十六か七でした。事件から二、三年ですね。どこかの癌《がん》だったと思いますが」

依志武も結局、藤本の言った通り、枕を高くしては寝られなかったようだ。これもまた、因果応報なのだろうか。

「多田さんも、亡くなったんですか」

新木が聞いた。上坂は、「はい」と頷いた。

「実は、服役中から手紙のやり取りがありましてね。八年前に亡くなった時は、葬儀に出ました」

多田は上坂に、どこかウマの合いそうなものを感じていたようだ。もともと友人の多い男ではなかったから、或いは上坂を友人と捉えていたかもしれない。

「五年ほど服役したと聞いていますが」

「そうです。罪状については、ちょっと揉めましたがね」

多田の立てこもり中に依志延が死に、直後に依志輔も死んだので、監禁致死罪で起訴するかどうか、論議があったのだ。これはだいぶ厄介だった。依志延の直接の死因は土砂崩れによる圧死だが、監禁されなければ災害に遭わなかった、と考えれば監禁致死も成り立つ。だが、依志延が旧館に移されたのは本人が殺人を犯したためであり、人質としての監禁とは様相が異なる。監禁致死に該当するかの判断は、簡単にはいかない。

一方、依志輔の死は病死だが、監禁が脳卒中を引き起こしたのか、依志延の死の衝撃か、によって状況は変わる。弁護側としては、腕の見せ所だ。

結局、監禁と二人の死亡の因果関係を証明するのは難しいという結論になり、監禁致死の適用は見送られた。人質強要罪についての特別法ができる以前の話で、多田は懲役七年の判決を受け、五年後に仮釈放となった。その後は大阪で解体業に携わって暮らしていたが、肺癌のため七十五歳で逝った。アスベストが原因だったらしい。

「警察の代表の方、藤本さんといいましたか。あの方は」

「十年前に亡くなってます。板長の山西さんは」

「やはり亡くなりました。三年ほど前です」

そうですか、と上坂は嘆息した。

「中谷さんも、お年からすれば亡くなっているでしょう。長田さんはどうしておられるか存じませんが、それ以外のあの事件の主な関係者で存命なのは、もうあなたと私だけですよ」

「ああ……そんなに月日が経ったんですなぁ」

新木は、遠くを見るような目付きで感慨深そうに言った。

そこへ、他の客が七人ばかりどやどやと乗り込んできた。四人の家族連れと若いカップル、後の一人はバスマニアらしい、カメラバッグを持った三十過ぎくらいの男だ。スタッフが、これで揃ったとガイドに告げるのが聞こえた。


阿波池田駅を出発したバスは、国道三二号を吉野川沿いに南へと走った。あの日に乗った路線バスは、途中からかなり細い道に入って崖沿いを進んだ記憶があるが、このバスは大歩危駅の手前で川を渡り、大型車も楽に通れる二車線の道を走った。昨日、観光タクシーで下見したときに通ったルートだ。依志輔を搬送したパトカーと救急車も、土砂崩れを迂回してここを通ったはずだった。

最初の停車は、平家屋敷である。これも昨日、タクシーで寄ったのだが、もう見ましたからと言うのも無粋だ。上坂はゆっくり入口への坂を上った。新木は大丈夫かと思ったが、意外にしっかり歩いている。ガイドが心配げな顔で付き添っているし、どうやら問題なさそうだ。あの年になったとき、自分もあのくらいは歩きたいものだ、と上坂は思った。

平家屋敷のスタッフは、上坂の顔を見てすぐ、昨日も来た客だと気付いたようで、

「あら、今日も来てくれましたか」と笑みを浮かべた。

「おや、昨日も来たんですか」

新木がちょっと首を傾げる。

「はあ、何と言うか、下見ついでに」

上坂が曖昧に言うと、新木はそれ以上聞かなかった。

ここは安徳《あんとく》天皇の御典医が平家滅亡後に落ちのびた地で、その末裔《まつえい》が村の名主となり、今に続いているという。その屋敷を一通り見た上坂と新木は、縁先に腰を下ろした。

「上坂さん、わざわざこうしてお越しになったのには、ただ昔を懐かしんで、じゃありませんよね。理由がおありでしょう」

ふいに新木が言った。口調はあくまで穏やかで、詰問するような様子ではない。ただ思ったことを口に出した、という風だった。

「ええ、まあ。私なりの、終活というやつですかね」

「ほう、終活ですか。近頃は皆さん口にされますな」

新木は理解したように頷いた。

「私はともかく、あなたはまだ大丈夫でしょう」

「いやいや。いつ何があるかわかりませんし、遠出ができるうちに、と思いましてね」

なるほど、と新木が呟く。

「かずら橋に行ってから、お話ししましょう」

「わかりました」

それから二人は、ガイドが出発の声をかけるまで、陽《ひ》だまりにじっと座っていた。

昼食を摂《と》ってから数分後、バスはかずら橋に到着した。上坂と新木は、時間をかけて足元に注意しながら歩き、祖谷渓大橋に立ってかずら橋を見下ろした。

「ここに来るのは、十何年かぶりです」

じっと橋を見ていた新木が言った。平日だが、橋の上には何人もの観光客の姿が見える。昨日より多いくらいだ。誰もが手すり代わりの編んだ太いかずらを摑んで、おっかなびっくりで足を運んでいた。川の水音に混じって、韓国語らしい嬌声が微かに聞こえた。

「かずら館は、あの辺でしたね」

上坂が左手の上の方を指す。濃い緑に隠れ、跡地は全く見えなかった。無論、土砂崩れの痕跡など何もない。

「解体して、何も残っていませんがね」

新木の声には、少しばかり残念そうな響きがあった。

「あのとき旧館が潰れてからは、本館だけで営業されてたんですね」

「ええ。事件の後、物見高いお客さんが来なくなってからも、しばらくは秘境観光でそれなりに賑わったんですが、平成に入ると長期不況もあって、だんだん客足が落ちましてね。耐震補強にかけるお金もなかったですし、にっちもさっちも行かなくなる前に閉めました」

まあ、時代という奴ですかなあ、と上坂は言って、ちょっと座りますかと歩行者用の橋の真ん中にあるベンチを指した。二人は並んで腰を下ろした。

一呼吸置いて、上坂は言った。

「あの土砂崩れですが」

立てた杖に顎を乗せるようにしていた新木が、はっと顔を上げた。本題に入った、と気付いたのだ。

「新木さんは、土砂崩れが起きるかもしれないと承知しておられたのではないですか」

新木の眉が上がった。顔はかずら橋の方に向けたままだ。

「どういうことでしょう」

「あなたはあのとき、土砂崩れなどの危険がないか、一度外を確かめに行かれた。結果、問題ないとのことでしたが、土砂崩れは起きた」

「ええ。素人判断でした。その誤りのせいで、依志延さんが亡くなってしまった」

「素人と言っても、ずっとあなたが守ってきた旅館です。本当に、誤りだったんですか」

新木からの返事はなかった。上坂は続けた。

「私の考えを言いましょう。あなたは大雨の状況を見て、土砂崩れの危険があると考え、点検に出た。そして、その兆候を見つけた。あなたはそこを調べ、旧館は危険だが本館に被害は及ばない、と判断した。その上で、依志延さんを旧館に移すことを提案したんです」

ほんの少し、間が空いた。新木はゆっくりと上坂に顔を向けた。

「土砂崩れに遭うと承知で、依志延さんを旧館に閉じ込めた、と言われるんですか」

「そうです」

上坂は躊躇いなく、頷いた。

「どうして私がそんなことを」

「依志延さんへの、復讐です」

新木の呼吸が、一瞬止まったように見えた。それから僅かに首を振ると、大きく息を吐き出した。

「全部ご存じなんですね」

「ええ。妹さんのことも。池田署の署長だった島倉さんと、亡くなる前に話をしまして、事情を知りました」

新木の妹は、高校生だった昭和三十一年に自殺していた。多田の事件の最中、多田と河野家に関する過去の事件を署の記録で調べさせた島倉は、そのことも警務課長から聞き、関連事実として藤本にも報告した。藤本は、立てこもり事件には直接関係ないと判断して追及はせず、公判でも触れられることはなかった。

だが気になった島倉は、後でそのことを調べてみた。そして、妹の自殺の原因が強姦されたことを苦にしてのものだったらしいこと、強姦の犯人は同じ高校の卒業生だった依志延だと噂されていたことを知ったのだ。

「私はね、あの土砂崩れのことがどうしても腑に落ちなかったんです。喉に刺さった魚の小骨のように」

警備会社の役員を退任してから、上坂は機会あるごとにかずら館の事件について調べ直していた。十年ほど前、引退後に神戸の息子の家に同居していた島倉とたまたま会うことができ、その際に島倉が胸に納めていたこの一件を聞いたのである。

「あなたが依志延さんに深い恨みを抱いていた、ということがわかって、あの土砂崩れでの依志延さんの死は偶然ではない、と確信しました。それでも寝た子を起こすような真似は躊躇しましてね。しかし、人生の終わりが近付くと、やはり放ったままにはできないと思ったんです」

新木はまた、かずら橋に目を向けた。韓国人観光客は去ったが、渡る人の列は絶えていない。新木はしばしそれを眺めているようだったが、やがて静かに言った。

「必ず土砂崩れが起きると思っていたわけではありません。最後は神様に委ねた、というところでしょうか」

わかっています、と上坂は頷いた。

「あのとき、依志輔氏もあなたの意図に気付いてたんじゃないかと思います」

その言葉に新木は眉根を寄せ、また上坂の方を向いた。

「私も、そんな気はしていました」

どうしてそう思いましたか、と問われた新木は、軽い溜息と共に答えた。

「私が依志延さんを旧館に移す提案をしたとき、依志輔氏は怒ったような顔で私を睨みつけてきました。そのときは見抜かれたかと思い、つい目を逸らしたんですが、向こうは何も言わなかった。変だなと思ってそっと顔色を窺うと、依志輔氏は何か悟ったような、諦めたような、あまり見ない表情を浮かべていました。気のせいかと思ったんですが、後から考えれば、あれは依志延さんが土砂崩れに遭うかもしれないことを承知で、見捨てたんですね」

おそらくそうです、と上坂は言った。

「依志輔氏にとっては、跡取りが殺人犯として逮捕され、世間の晒し者になることが我慢ならなかったんでしょう」

上坂の指弾で依志延の起訴が避けられないと悟った依志輔は、新木と同様に、息子を神の手に委ねることにしたのだ。依志延本人だけが、そのことに気付いていなかった。

「依志輔氏が土砂崩れの結果を見て脳卒中を起こしたのは、見抜いたのに止めようとせず、息子を死に追いやったことへの罪悪感と後悔の為せる業だったんでしょうな」

上坂が言うと、新木も「そう思います」と呟いた。

「その罪悪感が、今まで踏みつけにしてきた他の人たちに少しでも向けられていれば、あんな事件はそもそも起きなかったんじゃないでしょうか」

自業自得と言うべきですかね、と新木は無念そうに首を振った。

「まあ……あのときもし坂東や依志延への二課の捜査が起訴できるほどに進んでいれば、多田さんは事件を起こさずに済んだ。現代ならSNSというんですか、あれを活用する方法もあったでしょう。しかし、済んだことです。後知恵で悔やんでも仕方がない」

そうしたことについては、上坂も何度も考えた上で達観していた。

「でも新木さん、なぜ敢えて復讐を。あのまま依志延が逮捕されていれば、証拠は盤石ですし、妊娠中だと知った上で殺害したんですから、罪状はかなり重くなる。他の罪と合わせると、懲役十五年以上もあり得た。それでは満足できなかったんですか」

「さあ……どうしてでしょうな」

新木は少し顔を上げ、緑に囲まれた空に目をやった。

「あのとき、思い付いたことでした。やはり司法ではなく、できるなら自分と神様の手であいつを葬りたい。そう思ったんですよ。今顧みれば、いささか衝動的だったかもしれません」

上坂は同じように空を見上げ、「わかります」と言った。

「でも私としては、依志延は法廷に出したかった。隠れた罪状が、まだあったでしょう。全てを引き出し、その上で罪に見合った裁きを下すべきだったと思います」

「あなたの言う通りです」

新木の顔に一瞬、苦渋のようなものが浮かんだ。だが、それを打ち消すかのように新木は続けた。

「多田さんは、扇動されたとはいえ自身でお兄さんのために行動した。でも、私は妹のために何も行動してこなかった。あの時までは」

新木は真っ直ぐ前を見て、小さく、だがきっぱりと言った。あの日の多田のように。

「だから、後悔はしていません」

そうですか、と上坂は応じ、それ以上反論はしなかった。上坂の様子を見た新木は、肩の力を抜きながら言った。

「あなたの終活のお役に立てましたでしょうか」

「ええ。ようやく心残りに決着がつきました」

上坂は微笑みを向けた。すると新木は居住まいを正し、深々と頭を下げた。

「上坂さん、ありがとうございました。私もこれで、肩の荷が下りた気がします」

上坂は理解した。新木もこのことは、誰にも話せないまま胸の奥で蓋をしていたのだ。

今彼は、吹っ切れたような晴れ晴れとした顔になっていた。

間もなく出発です、とガイドが呼びに来た。二人は腰を上げ、ガイドに気遣われながらバスへと足を向けた。

上坂はふと立ち止まり、目の前のバスを指差した。

「あれに乗ってあなたの旅館に着いてから、四十七年かかりました」

新木は目を細めて、頷いた。

「長い旅でしたな」

老いた二人は互いに微笑み合うと、揃ってバスの乗降口に向かった。

解説

西上心太

徳島県の祖谷渓《いやだに》。祖谷川に架けられたかずら橋は、シラクチカズラという植物を編んで作られた昔ながらの吊り橋《つりばし》だ。全長四十五メートル、幅二メートル。梯子《はしご》状に組まれた丸太の隙間からは十四メートル下の水面《みなも》が丸見えで、揺れも加わることだろうし、高所恐怖症の人間にはとても渡れそうにない。

文庫書き下ろしで刊行された本書は、秘境と呼ばれる祖谷渓周辺を舞台にしたミステリーだ。

東京から来た上坂徹郎は、弁護士事務所の嘱託調査員である。高知での骨の折れる調査を終え、その疲れを癒すため人里離れた地を選び、ここ祖谷渓にやってきたのである。だがあいにく近づきつつある台風の影響で、強い雨が降り続いていた。

上坂が泊まるのは、かずら橋の近くにあるかずら館という、渓谷を見下ろす川沿いの旅館だった。夕刻、東京では見かけることのなくなったボンネットバスから降りた数人の客とともに上坂は宿に入った。すると大広間では十数人の日帰り客による昼の宴会が開かれていた。部屋に荷物を置き、ロビーの自動販売機でビールを買った上坂が、ソファに腰を下ろしかけた時、ブレーキを軋《きし》ませて玄関前に車が停《と》まった。その車内から出てきた男の手には散弾銃が握られていた。

男は大広間に乗り込み、宴会客と宿泊客、さらに従業員を集め、すべての出入り口を施錠させてしまう。男はガソリンの入った一斗缶を持っており、それを大広間の柱にガムテープでくくりつける。男の手には散弾銃だけでなく、一斗缶を爆破させる起爆装置も握られていた。こうして二十五人を人質にした籠城事件が始まった。

大広間の集まりは、地元の名士河野依志輔の喜寿祝いの席だった。旅館を占拠したのは多田修一郎という三十六歳の男だ。多田の兄は本州四国連絡橋建設が絡んだ土地開発のトラブルによって自殺していた。兄を騙《だま》したのが依志輔の息子である依志延と、国政選挙出馬を目論《もくろ》んでいる坂東敏則という不動産業者だという。多田は電話で警察にそのような犯行動機を語った後、午後十一時のニュースでいまのやりとりをそのまま放送しろと要求する。

本書は昭和五十一年（一九七六年）という時代設定だ。しかも台風十七号の影響による大雨とあるから、史実に基づけば九月上旬から中旬にかけての出来事と考えられる。この台風は九州南西海上に長く停滞し、全国に大雨を降らせ大被害をもたらした。四国では期間降水量が二〇〇〇ミリに達した地域もあったという。ちなみにロッキード社による日本政府高官に対する贈賄事件、いわゆるロッキード事件が問題化し、七月末に田《た》中角栄《なかかくえい》首相が逮捕されるという、政界が大揺れになった年でもある。

さらに本書のヒントになったと思われるのが、昭和四十三年（一九六八年）に起きた金嬉老事件だろう。作中でも言及されているが、在日韓国人二世の金嬉老が静岡県清水《しみず》市（現・静岡市清水区）で暴力団員二人をライフルで射殺し、翌日に寸又峡《すまたきよう》温泉の旅館に十三人の人質とともに立て籠もったのだ。マスコミを館内に呼び入れ、犯行の遠因を民族差別に求め、その様子を放映させるなど、劇場型犯罪の走りとなった事件だった。

物語は館内で人質になった上坂の視点と、近くの旅館に前線基地を置いた県警の捜査員の視点で構成されている。県警側の思惑もあり、多田の最初の要求通り、依志延と坂東の悪事を告発した警察とのやりとりが放送され、その交換条件により人質のうち旅館の仲居など六名が解放される。一方警察は大雨による土砂災害が出ていることを利用して、送電線が切れたと偽り、日が変わったばかりの深夜に旅館の電気を止めてしまう。だがその暗闇を利用した犯罪が秘《ひそ》かに行われていた。大広間近くの布団部屋の中から、宿泊客である女性の他殺死体が発見されたのだ。

前述したように本書は文庫書き下ろしである。そのため何の予備知識もなく読み始めたのであるが、籠城事件の緊迫感や犯人の狙いに気を取られていたら、突然不可能趣味あふれるミステリーになったのでびっくりした。しかもこれはクローズド・サークルのヴァリエーションではないか。

　クローズド・サークルとはミステリーファンには言わずもがなだが、なんらかの条件によって閉鎖空間に足止めされた関係者の間で起きる事件（主に殺人）を描く、ミステリーでおなじみの趣向である。古典ではアガサ・クリスティーの『オリエント急行の殺人』や『そして誰もいなくなった』が有名だろう。わが国でも一九八七年に綾辻行人《あやつじゆきと》の『十角館の殺人』が刊行されたのをきっかけに起きた新本格ミステリーブームにより、クローズド・サークルものが目立つようになった。近年になってもその人気は衰えず、特殊な世界観の中で用いたり、さまざまな条件と組み合わせるなど、ヴァリエーションも豊富になっている。

　この作品が面白いのは、閉ざされた旅館内と、外との連絡が容易につくところにある。上坂は元警視庁の刑事だった。死体を見ても動じなかった上坂を見て、多田はそれを見破り、警察に殺人の罪までかぶせられてはたまらないと、上坂に捜査を命じるのだ。上坂には多田の犯行ではないという確信があった。ある程度の自由を得た上坂は、被害者を含む停電後の各人の行動を探るのだが、誰にも犯行が不可能な状況が浮かび上がる。

　立て籠もり犯による捜査の命令と、上坂と現地の責任者が旧知の仲だったことから、上坂は被害者のバックグラウンドの調査を依頼する。つまり本書は、真犯人を含む容疑者と探偵役は旅館という閉鎖空間に閉じ込められているが、ある程度の情報は外にいる警察と共有されているという、あまり例を見ないクローズド・サークルものであるのだ。殺人犯は誰かという犯人捜しの問題と並行して、立て籠もり犯の二度目の要求が何なのかという興味に加え、降り続く大雨による川の氾濫や土砂崩れといった、差し迫る自然の脅威がサスペンスを醸成する。

本書の作者である山本巧次は、第十三回「このミステリーがすごい！」大賞の最終候補に残った「八丁堀ミストレス」を改稿した『大江戸科学捜査 八丁堀のおゆう』で、このミス大賞の〈隠し球〉として二〇一五年にデビューを果たした。元ＯＬが時空を超えて江戸時代で起きた事件に挑む、タイムトラベルを加味した時代ミステリーは話題を呼び、すでにシリーズは十作に及んでいる。ドラマ化もされるなど、作者の看板といえるシリーズである。

また作者は二〇二〇年に退職するまで、鉄道会社に三十七年間勤務していた。さらに自他共に認める鉄道好きであり、その知識を生かした鉄道ミステリーも評価が高い。日本の鉄道建設が黎明《れいめい》期のころの明治初期を舞台にした『開化鉄道探偵』、『開化鉄道探偵 第一〇二列車の謎』、阪堺《はんかい》電車の古い車両を軸に、八十五年間にわたる物語を紡いだ『阪堺電車177号の追憶』、廃止間近な鉄道路線で起きたハイジャックを描いた『留萌《るもい》本線、最後の事件 トンネルの向こうは真っ白』、鹿児島から東京までの長距離列車内で起きるさまざまな出来事を描いた群像劇『急行霧島 それぞれの昭和』など、どこかノスタルジーを感じさせる佳作が多い。

また父に代わって長屋を差配する大家の娘が主人公の『江戸美人捕物帳 入舟長屋のおみわ』のシリーズも七作を数えるなど、江戸時代が舞台の時代ミステリー、明治から昭和にかけての鉄道ミステリー、そして現代ミステリーと、幅広い時代を描いた作品数は、デビュー八年ですでに三十を超えている。五十代半ばでのデビューでこれだけ旺盛な書き手は稀《まれ》だろう。

先述した三つの柱は、不可能状況における真犯人探し、立て籠もり犯の真意、迫り来る自然の脅威であった。そして事件から五十年近い時が流れ、八十歳を超えた上坂が事件が起きた地を再訪する序章と終章が配置されている点にも注目したい。作者はなぜ現代のパートに、過去のパートを挟み込んだのか。その理由が作者が仕掛けたもう一つの趣向なのである。

いくつもの謎を複合した異色のクローズド・サークル・ミステリーである本書で、作者の新たな一面を知ることができるだろう。山本巧次という作家は、いったいいくつの引き出しを持っているのか。それをもっと知りたいと思うのは、筆者だけではないだろう。


（にしがみ・しんた　文芸評論家）

本書は、集英社文庫のために書き下ろされた作品です。
本文デザイン・図版／坂野公一（ｗｅｌｌｅ　ｄｅｓｉｇｎ）

集英社文庫 目録（日本文学）

集英社文庫 目録（日本文学）

集英社文庫　目録（日本文学）

吉沢久子　花の家事ごよみ　四季を楽しむ暮らし方
吉沢久子　老いの達人幸せ歳時記
吉沢久子　吉沢久子100歳のおいしい台所
吉田修一　初恋温泉
吉田修一　あの空の下で
吉田修一　空の冒険
吉田修一　作家と一日
吉田修一　泣きたくなるような青空
吉田修一　最後に手にしたいもの
吉田修一　ぼくたちがコロナを知らなかったころ
吉田修一　素晴らしき世界　～もう一度旅へ
吉永小百合　夢の続き
吉村達也　やさしく殺して
吉村達也　別れてください
吉村達也　セカンド・ワイフ
吉村達也　禁じられた遊び

吉村達也　私の遠藤くん
吉村達也　家族会議
吉村達也　可愛いベイビー
吉村達也　危険なふたり
吉村達也　ディープ・ブルー
吉村達也　生きてるうちに、さよならを
吉村達也　鬼の棲む家
吉村達也　怪物が覗く窓
吉村達也　悪魔が囁く教会
吉村達也　卑弥呼の赤い罠
吉村達也　飛鳥の怨霊の首
吉村達也　陰陽師暗殺
吉村達也　十三匹の蟹
吉村達也　それは経費で落とそう
吉村達也　「会社を休みましょう」殺人事件
吉村達也　OL捜査網

吉村達也　悪魔の手紙　ヨコハマOL探偵団
吉村龍一　旅のおわりは
吉村龍一　真夏のバディ
よしもとばなな　鳥たち
吉行あぐり　吉行和子　あぐり白寿の旅
吉行淳之介　子供の領分
與那覇潤　日本人はなぜ存在するか
米澤穂信　追想五断章
米澤穂信　本と鍵の季節
米原万里　オリガ・モリソヴナの反語法
米山公啓　医者の上にも3年
米山公啓　命の値段が決まる時
李琴峰　星《ほし》月《つき》夜《よる》
リービ英雄　模範郷
隆慶一郎　一夢庵風流記
隆慶一郎　かぶいて候

集英社文庫　目録（日本文学）

連城三紀彦　美女
連城三紀彦　隠れ菊（上）（下）
わかぎゑふ　秘密の花園
わかぎゑふ　ばかちらし
わかぎゑふ　大阪の神々
わかぎゑふ　花咲くばか娘
わかぎゑふ　大阪弁の秘密
わかぎゑふ　大阪人の掟
わかぎゑふ　大阪人、地球に迷う
わかぎゑふ　正しい大阪人の作り方
若桑みどり　クアトロ・ラガッツィ（上）（下）　天正少年使節と世界帝国
若竹七海　サンタクロースのせいにしよう
若竹七海　スクランブル
和久峻三　夢の浮橋殺人事件　あんみつ検事の捜査ファイル
和久峻三　女検事の涙は乾く　あんみつ検事の捜査ファイル
和田秀樹　痛快！心理学 入門編　――なぜ僕らの心は壊れてしまうのか
和田秀樹　痛快！心理学 実践編　――どうしたら私たちはハッピーになれるのか
渡辺淳一　白き狩人
渡辺淳一　麗《うるわ》しき白骨
渡辺淳一　遠き落日（上）（下）
渡辺淳一　わたしの女神たち
渡辺淳一　新釈・からだ事典
渡辺淳一　シネマティク恋愛論
渡辺淳一　夜に忍びこむもの
渡辺淳一　これを食べなきゃ
渡辺淳一　新釈・びょうき事典
渡辺淳一　源氏に愛された女たち
渡辺淳一　マイ センチメンタルジャーニイ
渡辺淳一　ラヴレターの研究
渡辺淳一　夫というもの
渡辺淳一　流氷への旅
渡辺淳一　うたかた
渡辺淳一　くれなゐ
渡辺淳一　野わけ
渡辺淳一　化身（上）（下）
渡辺淳一　ひとひらの雪（上）（下）
渡辺淳一　鈍感力
渡辺淳一　冬の花火
渡辺淳一　無影燈（上）（下）
渡辺淳一　孤舟
渡辺淳一　女優
渡辺淳一　仁術先生
渡辺淳一　花《はな》埋《うず》み
渡辺淳一　男と女、なぜ別れるのか
渡辺淳一　医師たちの独白
渡辺将人　大統領の条件　アメリカの見えない人種ルールとオバマの前半生
渡辺優　ラメルノエリキサ
渡辺優　自由なサメと人間たちの夢

集英社文庫 目録（日本文学）

集英社文庫

災厄《さいやく》の宿《やど》

2024年 1月25日　第1刷　　定価はカバーに表示してあります。

著　者　山本巧次《やまもとこうじ》

発行者　樋口尚也

発行所　株式会社　集英社
東京都千代田区一ツ橋2-5-10　〒101-8050
電話　【編集部】03-3230-6095
【読者係】03-3230-6080
【販売部】03-3230-6393（書店専用）

印　刷　株式会社広済堂ネクスト

製　本　株式会社広済堂ネクスト

フォーマットデザイン　アリヤマデザインストア　　マークデザイン　居山浩二

ISBN978-4-08-744611-1 C0193